给幸福一个奖赏

今生无所大志，也不贪求，
只愿随着天地欢喜，愉悦从容。

丁立梅　著

中国盲文出版社

图书在版编目（CIP）数据

给幸福一个奖赏：大字版/丁立梅 著. —北京：中国盲文出版社，2018.7

ISBN 978-7-5002-8269-3

Ⅰ. ①给…　Ⅱ. ①丁…　Ⅲ. 散文集—中国—当代
Ⅳ. ①I267

中国版本图书馆 CIP 数据核字（2017）第 319599 号

给幸福一个奖赏

著　　者：丁立梅
责任编辑：吕　玲
出版发行：中国盲文出版社
社　　址：北京市西城区太平街甲 6 号
邮政编码：100050
印　　刷：北京新华印刷有限公司
经　　销：新华书店
开　　本：710×1000　1/16
字　　数：91 千字
印　　张：11.25
版　　次：2018 年 7 月第 1 版　2018 年 7 月第 1 次印刷
书　　号：ISBN 978-7-5002-8269-3/I·1725
定　　价：30.00 元
编辑热线：（010）83190268
销售服务热线：（010）83190297　83190289　83190292

序

天空真是晴朗得可以。不说阳光，说说天上的云。那些慵懒且任性的小家伙，随意一扬手，一摆腿，都动人魂魄。我看到它们的小身子，像蛇一样，在天上扭啊扭啊。又好似谁家养兔子的栅栏门忘了关了，一只一只的小兔子，蹦了出来。

一个下午，我就浪费在看云上了，浪费得心甘情愿心满意足。这还没完，我还拿笔，在纸上画下了一朵又一朵云。我知道我画得不是很像。可是谁能说它们不是另一些云呢，也许在我不留意的时候，它们会跑到天上去。

晚上散步时，看到的云，又是另一番样子了。它们变得老成持重起来，如山峰般的，稳稳坐着，凝眸沉思。我看得笑起来，它们端着的样子，多像一些少年老成的孩子啊，等不及长大，一心想进入成人的世界去，模仿着，故作深沉着。可那稚气的眉眼，分明泄露了他们的秘密。

月亮像只白气球，时隐时现的，飘在那些“山峰”间。而一两颗星子，则是镶嵌在“山峰”上的红宝石。

浓荫匝地。月亮和云的影子，像些小银鱼，在那些浓荫的缝隙里，活泼游弋。天地间，又是说不出的好。我怔怔发呆，忽然对身边的那人，没头没脑说一句，我们要幸福啊！

是的，要幸福啊！今生无所大志，也不贪求，只愿随着天地欢喜，愉悦从容。

路边的一年蓬，在月光下妍妍。我弯腰采了一大捧，算是给今天幸福的一个奖赏。

目　录

Contents

第一辑　风知道

风把一粒种子从一个地方带到另一个地方。风把岁月从远古的洪荒年代带到今天，且带向无限去。

第二辑　清供

一屋子都有春光流转，清简，且静。我感觉灵魂里有只小鸟，在扑着翅膀。

第三辑　天很蓝，仿佛多年前

那个属于我们的年少时光，终究回不去了。

第四辑　最美的时光

喧嚣的尘世，纷扰的人事物事，那都是前世的事了。你只觉得你的洁净，洁净得就像草原上的一棵草，一朵小野花，还有那屹立不语的雪山。

第一辑　风知道

风把一粒种子从一个地方带到另一个地方。风把岁月从远古的洪荒年代带到今天，且带向无限去。

艾草香

对艾草，是老相识了。

乡村的沟沟渠渠里，一是艾草多，一是芦苇多。它们在那里熙熙攘攘，自枯自荣，世世代代。除了偶尔飞过的鸟雀，平时大概再没有谁会惦念它们。但乡人们都知道，它们在呢，就在那片沟渠里，枕着风，傍着水，枝繁叶茂，不离不舍。一到端午，家家户户门窗上都插上了艾草，满村荡着艾草香。

羊却不爱吃，猪也不爱吃，大概都是嫌它气味的霸道。它是草里的另类，做不到清淡，从根到茎，从茎到叶，气味浓烈得汹涌澎湃，有种豁出去的决绝。采艾的手，清水里洗过好多遍了，那艾草的味道，还久久逗留在手上，不肯散去。苦中带香，香中带苦，你根本分不清到底是苦多一些，还是香多一些。苦乐年华，它一肩扛了。

所以，它独特，在传统的民俗里万古长存。早在诗经年代，就有了“彼采艾兮”的吟唱。说是唱爱情呢，我却觉得是唱它。它被人们赋予了神圣，用以寄托愁思，聊解忧伤。

南朝梁宗懔的《荆楚岁时记》中也曾有记载："五月五日采艾以为人，悬门户上，以禳毒气。"说的是端午节这天，人们争相采艾，扎成人的模样，悬挂于大门之上，以消除毒气灾殃。不过是普通植物，却担当起驱毒辟邪的重任，这是艾草的本事了。有时，保持个性，坚守自己，方能脱颖而出。在这一点上，我们人类，得向一棵艾草学习。

可能是小时的记忆作怪，多少年来，我一直以为艾草只在水边生长——这是我的孤陋了。福建有文友说，他们家乡的山上，漫山遍野，都长着艾草。人们也食它，三月里，艾草正鲜嫩，采了它，拌上糯米粉，包上芝麻、白糖做馅，蒸熟，即成艾糍粑。咬上一口，香软甘甜，鲜美无比。这吃法让我惊异，有尝试的欲望。想着，等来年吧，等三月天，一定去采了艾草回来吃。

小区里，爱种花的陈爹，在他的小花圃里，种上了艾。六月的天空下，一丛红粉之中，它遗世独立的样子，让人一眼认出，这不是艾草么！

陈爹笑，眼光缓缓地落在它上面，说，是啊，是艾草啊。

种这个做什么呢？问的人显然有些好奇了。

陈爹不急着作答，他弯腰，眯着眼睛笑，伸手拨弄一下那些艾。他说，可以驱虫的。你看，它旁边的花长得多好，不怕虫叮。

哦——围观的人一声惊呼，恍然大悟，原来，它做了护花使者。

陈爹种的艾草，现在正插在我家的门上。不多，一棵，茎与叶几乎同色，灰白里，浸染了淡淡的绿。香味很地道，开门关门的当儿，它总是扑鼻而至，浓烈，纯粹。这是陈爹送的。他爬了很高的楼梯，一家一家分送，他说，要过端午节了，弄棵艾你们插插。

我不时地望望，闻闻，心里有欢喜。端午的粽子我早已不爱吃了，然过节的气氛，却一点没削减，因了这一棵温暖的艾。

风知道

一

长得好好的文竹，一些日子后，竟莫名其妙枯死。

我试过一盆，又试过一盆。无一例外。

百思不解。我去请教花农。

花农扫一眼我枯死的文竹，说，它不是缺水，不是缺肥，它是缺风了。

缺风？

我怔怔。这新鲜的提法，我是第一次听到。

花农解释，你一定是把它放在室内，很少通风，它是被闷死的。

哦。我看到他的小屋门前，一盆盆凤仙花，在风中，盛开着，精神抖擞，喜笑颜开。

万物生长，都离不开风的。这个常识，却被我们天长日久地忽略着。

二

我站在一座桥上，等风。

夏天的夜晚，风捎来太多的好意。草木的清香，露珠的清凉，虫子们的欢唱，还有，幽深幽深的静谧。

多年前，我还是个小小女孩时，住在乡下。每个夏天的夜晚，我们早早搬出纳凉的凳子，坐在外面，等风来。

我们在门口的晒场上等风。晒场边上，长南瓜长丝瓜长向日葵，还长青椒和茄子。不远处，稻田里的水稻们，已沸沸扬扬开着碎粉的花。蛙们齐齐演奏，如吹萨克斯。

风来，步子迈得碎碎的。摇落一些花朵、露珠，和虫子的叫声，轻且温柔的。

乡人们手把蒲扇，眼望着繁星密布的夜空，有一搭没一搭地摇着，聊着天。风拂过他们黝黑的脸庞、胳膊和腿，他们很感激地轻叹一声，多好的风啊。白天再多的劳累和不堪，也被那样的风抚平了。人与人之间，即便有过芥蒂，也都能原谅的了。

夜过半，他们满足地拍拍被风吹凉的身子，道声别，各回各的家去睡。一片风，也跟着他们走进屋子去。

真怀念那样的夏夜，风自在，人安好，岁月不惊。

三

我把从海南带回的一只贝壳风铃，挂在屋门口。

一阵风来，风铃发出欢快的鸣唱。

我出门时，它在欢唱。我进门时，它在欢唱。

风不停，它的歌声就不会停。

我走过它身边，自觉不自觉地会抬头看看它，看着看着，就微笑起来。那日的沙滩、海浪、椰子道，邂逅到的陌生人，一一涌现。

没有谁的记忆，比风的记忆更长久。我们以为许多的经过，经过就经过了，了无痕迹。其实，风都给细细收着呢。

受伤了，不妨去风里走走。

风知道一个人的疼痛，有多深。

眼泪掉进风里面。

风默默接纳、倾听，并一一替你拭干。

哦，只要天不塌下来，就没什么大不了的。在风里静静待一会儿吧，哭一哭，就好了。

风同样知道一座山、一块石头、一堵墙、一幢老房子的秘密。

我们说，是时间削平了所有。我们在“消失”面前，惆怅，悲伤，不能自已。

这个时候，风躲在一旁窃笑。哦，这世上，哪里有真正的消失呢？所有的秘密，都悉数被它带走了。

风最后也会把我们带走。

我们从风里来，最终，都将回到风里去。

四

季节的秘密，瞒不过风。

春天，哪棵小草先发芽，风知道。秋天，哪片树叶要凋落，风知道。

风唤来雪花的时候，是很冷的冬天了。

风送走最后一朵蔷薇的时候，夏天的蛙和蝉，开始断续地叫起来。

风知道一座山的前身是什么。风知道一条河流为什么瘦了。

风知道什么样的鸟会唱什么样的歌。

风知道天空中的哪弯彩虹藏在了雨的后面。

风把一粒种子从一个地方带到另一个地方。风把岁月从远古的洪荒年代带到今天，且带向无限去。

岁月再久，哪里久得过风？

世界再大，哪里大得过风？

在遥远的莫尔道嘎，我对着一丛野玫瑰发愣。山坡上放牛的妇人笑着对我说，只等南风一吹，这野玫瑰就全开了，可好看呢。

在人迹罕至的荒野的河畔，我相遇到故乡的苇和蒲，还有枸杞和刺儿草。几千里之外，它们惹得我的眼睛一阵阵发热。

风轻轻走过它们身边，不动声色。

春风暖

春风是什么时候吹起来的？说不清。某天早晨，出门，迎面风来，少了冰凉，多了暖意。那风，似温柔的手掌，带了体温，抚在脸上，软软的。抚得人的心，很痒，恨不得生出藤蔓来，向着远方，蔓延开去，长叶，开花。

春风来了。

春风暖。一切的生命，都被春风抚得微醺。人家院墙上，安睡了一冬的枝枝条条，开始醒过来，身上爬满米粒般的绿。是蔷薇。那些绿，见风长，春风再一吹，全都饱满起来。用不了多久，就是满墙的绿意婆娑。

路边树上的鸟，多。啁啾出一派的明媚。自从严禁打鸟，城里来了不少鸟，麻雀自不必说，成群结队的。我还看见一只野鹦鹉，站在绿茸茸的枝头，朝着春风，昂着它小小的脑袋，一会儿变换一种腔调，唱歌。自鸣得意得不行。

卖花的出来了，拖着一拖车的“春天”。红的，白的，紫的，晃花人的眼。是瓜叶菊。是杜鹃。是三叶草。路人围过去，挑挑拣拣。很快，一人手里一盆“春天”，欢欢喜喜。

也见一个男人，弯了腰，认认真真地在挑花。挑了一盆红的，再挑一盆紫的，放到他的车篓里。刚性里，多了许多温柔，惹人喜欢。想他，该是个重情重义的人罢，对家人好，对朋友好，对这个世界好。

桥头，那些挑夫——我曾在寒风中看到他们，瑟缩着身子，脸上挂着愁苦，等着顾客前来。他们身旁放一副担子，还有铁锹等工具，专门帮人家挑黄沙，挑水泥，或者，清理垃圾。这会儿，他们都敞着怀，歇在桥头，一任春风往怀里钻，脸上笑眯眯的。他们身后，一排柳，翠绿。

看到柳，我想起那句著名的诗句：不知细叶谁裁出，二月春风似剪刀。把春风比喻成剪刀，极形象。但我却以为，太犀利了，明晃晃的一把剪刀，“咔嚓”一下，什么就断了。与春风的温柔与体贴，离得太远。

还是喜欢那句“春风又绿江南岸”，这里面，用了一个“绿”字，仿佛带了颜色的手掌，抚到哪里，哪里就绿了。《诗经》中有《采绿》篇章：“终朝采绿，不盈一匊。”说的是盼夫不归的女子，在春风里，心不在焉地采着一种叫“绿”的植物，采了半天，还握不到一把。我感兴趣的是，那种植物，它居然叫“绿”。春风一吹，花就开了，花色深绿。这种植物的汁液，可作染料。我想，若是春风也作染料，它的主打色，应该是绿吧。

而在乡下，春风更像一个聪慧的丹青高手，泼墨挥毫，大气磅礴。一笔下去，麦子绿了。再一笔下去，菜花黄了。成波成浪。

我的父亲母亲呢？春风里，他们脱下笨笨的棉袄，换上轻便的衣裳。他们走过一片麦田，走过一片菜花地，衣袖上，沾着麦子的绿，菜花的黄。他们不看菜花，他们不以为菜花有什么看头，因为，他们日日与它相见，早已融入彼此的生命里，浑然大化。他们额上沁出细密的汗珠，他们说，天气暖起来了，该丢棉花种子了。春播秋收，是他们一生中，为之奋斗不懈的事。

每一颗种子，都曾有花开的繁华

一、爱一个人，不单要爱这个人本身，连同他（她）的父母也要一并爱的。没有他们，哪里来的他（她）？哪里有烟花三月，人生正当年？别嫌弃他们的苍老，或是贫穷，他们用他们的青春和爱，抚养大了他（她），这才有你们的相遇。在爱面前，没有一个父母不是富翁。

二、多跟孩子交往。不妨跟他们做做游戏，陪他们讲讲故事。或者，什么也不做，只微笑地坐一边，看着他们玩耍。在他们眼里，你真的能看到天使，他们是这个世上，活着的童话。

三、当你是一只橘子时，不要幻想成为苹果。别人的经验未必适合你，你是你，你有你的方向要走。人生的目标切合实际，叫理想。反之，则叫幻想。幻想的事，都是不着边儿的，即使你再努力，你也注定不会成功。那么，还是安心地做一只橘子吧。

四、给自己一个放松的理由，多去室外走走，特别是在夜晚。白天的喧嚣，遁于无形。植物浓密的香气，会淹没了你。看天，天是你的。看地，地也是你的。四野寂静。你会突然生出热爱的心，活着，原是这么的富足。

五、如果看中了什么，就买下吧，当做礼物送给自己，只要不让你倾家荡产。钱用去了可以再赚，那一颗喜欢的心没了也就没了。爱生活的前提是，首先要爱自己。

六、多养几盆植物吧。在累了烦了的时候，不妨与一盆花相对。花不急，在什么季节里抽枝长叶，在什么季节里打苞开花，它一步一个脚印，有条不紊着。你看见也好，没看见亦罢，它就在那里，默默生长，寂然欢喜。当你拥有了一颗植物的心，你的人生，会变得从容许多。

七、尽孝道要趁早。有些爱，是等不得的。在你能说出爱的时候，一定要说出来。在你能送出爱的时候，一定要送出去。千万别说，等等，再等等。也许，那一等，就成终身遗憾。

八、一个亿万富翁感叹，我好穷。因为，他要买超级豪华游艇，他要买连体别墅，他要买一座山庄，亿万元实在算不得什么。而穷人，意外地获得十块钱，他（她）也会欣喜若狂，觉得富有。因为十块钱可以买好几斤大米，可以买好几块面包。对了，他（她）

看中的一条地摊上的裤子，刚好也是十块钱。这世界，绝对公平，有人拥有财富，却没有快乐的心。有人缺失财富，却能做到安于乐命。

九、幸福到底是什么？说到底，就是当下的拥有啊。睁开眼睛，能看，是幸福。张开嘴巴，能吃，是幸福。迈开步子，能走，是幸福。竖起耳朵，能听，是幸福。如果你全部拥有了，实在是天大的造化啊！所以，少抱怨，多感激吧。

十、不要哀叹韶华已逝，不要羡慕青衫年少。那一些，你也曾经历过。也曾在漆黑的大街上，放开嗓子吼唱。也曾为爱情的降临，耳热心跳。也曾朝气蓬勃，眼睛灼灼，仿佛里面有一万颗星星在闪烁。人生都是一段一段的。每一颗种子，都曾有花开的繁华。

花世界里的人

他是小城有名的老中医，我认识他的时候，他已六十开外了。

他的家，稍稍有些偏僻，在一条巷子的深处。三间平房，很旧了，简陋，却有个大大的院落。旁边住宅楼一幢接一幢竖起的时候，有人劝他搬家，他不肯，他舍不得他的大院子。

大院子最大的好处是，可以让他尽情地种草养花。院子里除了一条小道供人走，其余的地方，均被他种上了花。这还不够，他还要把花搬进屋子里。客厅一张条桌上，摆满各色各样的花盆，甚至连吃饭的碗，都用来盛花了。他是花世界里的人。

也种一些奇奇怪怪的药草，清清淡淡的，开小小的白花或黄花。他把这些药草捣碎了，制成各种药丸，给上门求诊的人吃。他的药丸，效果十分显著，尤其针对小儿腹泻和咳嗽，几乎是药到病除。

他在民间的名声，一传十，十传百，方圆百十里的地方，无人不知。他家的院门前，整天车马喧闹，人来人往。外乡人也赶了老远的路来，让他给看病。他坐在簇簇的花中间，给人把脉，轻轻雅雅地说话。他在药方子上，写瘦长瘦长的字。他一粒一粒数了药丸，包上，嘱咐着病人怎么吃。他的收费极低，都是一块钱两块钱的。有时，甚至不要钱。他说，乡下人不容易。病人到这儿时，病好似已去除大半了——他整个的人，都袭着花香，是那么让人放心。

那时候，我在他所在的小城工作。我的孩子小，三天两头生病，我便常常抱了孩子去敲他家的门。有时，半夜里，他被我从睡梦中叫醒，披一件衣，穿过一丛一丛的花，来开门。薄薄的月光飘着，远远望去，清瘦的老先生，很有种仙风道骨的样。

其实，不止我半夜里去“吵”过他，小城里有孩子的人家，大多数半夜里都去“吵”过他。他总是毫无怨言，无比温和地给孩子看病。为了哄哭闹的孩子，他还特地买了不少孩子爱吃的糖果放家里，以至于孩子一到他家，就熟门熟路地去拉他家橱柜的门。孩子知道，那里面，藏了许多好吃的。

我们过意不去，要多给他钱。他哪里肯收？他摸摸孩子的头，说，宝宝，你长大了，记得来看看爷爷就好了。

在他的关照下，我的孩子，健康地成长起来。小城里许多的孩子，健康地成长起来。我离开小城，一别七八年，小城的人和事，渐渐远了。却常常不经意地想起他，清瘦的样子，温温和和的笑容，还有他那一院子的花。

前些日子，有小城人来市里办事，我们遇见。我们站在街边一棵梧桐树下，聊小城过往的人和事。我问起老先生，那人轻轻笑，说，他走了，走了已有两年多了。

那人说，他的葬礼浩大得不得了，四面八方的人，都赶去给他送葬。送他的花篮，多得院子里摆不下，都摆到院墙外去了，绵延了足足有半里路。

那人说，他有颗菩萨心，好人有好报的。

我微微笑起来，想老先生一生与花为伴，灵魂，当也变成一朵花了吧。这世上，你若种下善的因，定会结出善的果。

深情

写下“深情”这个词时，我想到浓酽如酒的夜；想到冬霜在玻璃上开了花；想到香郁的咖啡；想到雨后的池塘，一池的莲花，笑微微的。

想到地广天阔的野外，一棵树对着另一棵树。

一只鸟对着另一只鸟。

一只羊跟着一只蝴蝶跑。

想到雨打芭蕉，秋风对枯荷。想到黛玉说：“我只为我的心。”

想到凤凰古城，沱江边的埙。轻轻一吹响，远古的气息，就风尘仆仆赶来。愿得一心人，白头不相离。

想到四千四百四十四米之上的羊卓雍错，那蓝玉一样的蓝。

多像一滴千年的眼泪，掉在上面。

是断桥边，白素贞那肝肠寸断的一声叫：“相公哪。”千年的蛇精，也难逃一个“情”字。

是金岳霖得知林徽因离世，一个人关在办公室里号啕。而她的生辰，他给牢牢记住，每年都替她庆贺。

记者登门采访，亦得不到他对她的任何话，他说，我所有的话，都应该同她自己说，我不能说。最后，却像个孩子似的，贪恋地看着记者手里林徽因的放大照片，请求道："你能把这个，送给我吗？"

这世上，最深的情，最真的爱，不是朝夕厮守，而是在距离之外，为你守望。

在一条巷子里，也总是会遇到一对老夫妇。

巷子是条老巷子，我上下班必经之路。巷道两旁植有石榴树和七里香，是我喜欢的。花开时节，石榴树上像悬着无数盏小红灯笼，一路挂过去。而七里香碎碎的小白花，像极满天星，把花香洒得密密麻麻，绊住了人的脚。这个时候的巷道看上去，有点世外桃源的意思，人人脸上都是和善静好的样子。

这对老夫妇，出来散步了，在黄昏时分。

老妇人坐在轮椅里，鹤发童颜。尤其是她的一双眼睛，饱满且亮，孩童般地欢欢喜喜着。她身后的老先生，清瘦矍铄，温文儒雅，推着她缓缓而行。他们仿佛是从杏花暖阳中走出来的。巷道两边都是他们的老熟人了，他们不停地跟这个打招呼，跟那个打招呼。一样的笑容，一样的语调，是花开并蒂莲。

一个数字足以说明一切，她瘫痪，三十余年。他守着，三十余年。

听闻的人，先是发一回愣，看着他们，半天，才冒出一句："不容易哪。"

情起容易，难的是，一往而深。

她爱他，是那种偷偷藏在心里的。罗敷未嫁，然君却有妇。她与他之间，注定隔着一水盈盈。

可是，不能忘啊。过尽千帆，他还是她心中的唯一。

她去他住过的乡下，走他曾走过的路。在他出生的那个偏远小镇，她坐在邮局门口的石阶上，看两个稚童追逐着玩耍。想他也曾是其中的一个，她笑出两眶的泪来。

她去他念过书的小学，趴在铁栅栏上朝里望。守门的大爷问："姑娘，你找谁？"我找谁呢？她在心里问。茫然半天，她只得笑着摇摇头，说："我不找谁。"走过的每一个少年，都是他的曾经呵。

她后来去了他的老家。那个石头垒成院墙的小院子，她在他拍的照片上见过。小院子里有灯光渗出，他爹娘的声音，喁喁地响在院墙内。她多想敲门进去，终究没。她把一朵小野花，插在他家的院门上。对着看一看，再看一看。天空暗下来。星星们出来了。凉薄的露，打湿了衣。她该走了。

该走了。她转身，在心里默念着他的名字，一遍，一遍。她说，我走了。

今生今世，也就这样了，能想念多久，就想念多久。他永远也不会知道。

电影《情书》里，渡边博子给天堂里的藤井树写信："亲爱的藤井树，你好吗？我很好的。"

我的窗外，雪开始飘了，一朵一朵，似茉莉花开。是等了很久的雪。

渡边博子在雪地里跑，一边跑，一边撕心裂肺地喊叫，你好吗？你好吗？你好吗？

我紧紧身上的衣，真冷。起身找一件毛毯，覆在膝上。绿蚁新醅酒，红泥小火炉——此刻，真想有啊。还有，陪伴着共饮的那一个。

一个人的信息适时抵达："下雪了，你还好吗？"隔着夜幕沉沉，我怔怔地看着这一句，胸口突然一阵发热。

你还好吗？

只这一句问，便抵过世上千言万语。

红绸伞

用了没多久的一把红绸伞，坏了，一支骨架断裂。

这把红绸伞，是去秋在西湖边上买的。卖伞的女子很温润，她说，纯手工制作的呢。你看，这上面的一圈花，是一针一线绣上去的呀！

我对纯手工制作的东西，向来难抵诱惑，那上面，浸染着手底的情意和温暖。买，自然买。

我其实，还暗暗有着另一层欢喜——西湖是因一把小伞而天长地久的。当年的白蛇，修炼成人形后，是撑着这把小伞，相遇到她的爱情的。带着甜蜜，带着无限向往，痴情的白蛇，一头坠进红尘里。

可是，再好的爱情，跌落到红尘中，也会被慢慢磨去光泽。都说许仙是因耳朵根子软，上了法海的当，才导致白蛇最后被压雷峰塔下。我以为，真相不是这样的。真相是，一日一日，她在他身侧，早已褪去神仙的光环，变成俗世里的庸常。他日益淡了爱的心，也有了磕绊与不相让。这个时候，若不是法海，是别个什么人，对他说上三两句似是而非的话，针对他的娘子，他面上或许也争辩，但心里，是留着暗影的——他已不全信她。哪像热恋的当初，他宁肯背叛全世界，也要与她好。好是样样都好，是十全十美，没有半点质疑的，怎会相信她是蛇变的！又怎会被法海骗去金山寺！

他终究，不过是凡俗中一个极凡俗的男人罢了，自私，懦弱，没有担当。她的情，托付错了人。断桥相遇，可怜她还一声断肠，相公啊！千年的红伞还在，不知多少男人，为之羞愧脸红呢。

停箸，与那人玩笑，我说，若我是白蛇变的……

那人断喝一声，吃你的饭吧，你满脑子都在瞎想什么呢！一只鸡腿随即到了我碗里，他用它，来塞我的嘴。

不知为什么，要感动。我傻傻地看着眼前这个人，有了要与他山盟海誓的冲动。我说，下辈子，下下辈子，再下下辈子，你也要记得来找我啊。

我会撑着一把红绸伞的。

我满大街去找修伞的。

记忆里，修伞的师傅是背着工具下乡的。还有修碗的，磨剪刀的，挑货郎担的，拍照的，弹棉花的，放电影的，爆米花的……

偏僻乡野，因这些人的到来，总能引起一阵轰动。节日般的喧腾。

他们打哪儿来的呢？这是我小时顶好奇的事。在我的眼里，他们好像是庄稼，就那么从远处的田埂边冒了出来，棵棵饱满葱茏。田埂的尽头，连着别的村庄。别的村庄外，还是村庄。

喜欢，真喜欢呀。觉得田埂尽头，肯定有口大魔术袋，总能从里面变出一些新的人来。

修伞的师傅一来，家家都找出笨笨的油纸伞。这把骨架断了，那把油纸破了。有的伞都破旧得不成样了，跟一堆烂树皮似的。那家人，居然也抱着它，让修伞师傅修。

修伞师傅是个着蓝衫的中年男人，他总是好脾气地笑笑，说，放下吧。

他在村口的一棵大槐树下坐定，取出工具。他的脚跟边，很快堆满了受伤的伞。旁边围一圈人，一边谈笑，一边看他做活。

到太阳落山，家家户户都能拿回修好的伞了。修伞师傅揺揺酸疼的腰，站起来，笑笑的，额发上落着夕照的金粉。

我们小孩争着去打伞。祖母不让，祖母骂，好好的天，打什么伞！她小心收叠起那把油纸伞。

我开始盼下雨，好撑着这把修好的伞，在雨中走。

我在一条旧的小巷子里，终于找到修伞的。

一个腿脚不便的老人，他还兼修锁和鞋子之类的。大多数时候，他少有活干，也只是拨弄着几双捡来的破球鞋，给这双鞋添上一行针脚，给那双鞋打上一块补丁。打发时光罢了。

是打小就吃这碗饭的，这一吃，就是五十多年。

丢不开了，一天不出来摆摊儿，心里就空得慌，老人絮絮叨叨地告诉我。

这已不单纯是一门手艺了。这俨然成了老人生命的一部分，就跟老人身上的一根肋骨似的。

一辈子只忠诚于一件事，相伴成老友，相伴成生命，也是一种了不得的坚守吧。我看着老人，心生敬意。

老人对我的到来，很是欢喜和感激，忙不迭地摊开工具。他说，现在的人啊，早已不在乎这个了，坏了，就扔掉，重买一把新的。

是啊，谁还会捧一把破伞，满大街找着修呢。

生命中，总有一些要消失，总有一些要重新开始。我们能做的，也只是坚守着自己的坚守。能坚守多久，就坚守多久。

老人慢慢修。我慢慢等。路过的人，都在那里停一停，看看我们。像看风景。

这是这个世间，最后的风景了。

绿

喜欢绿。

没有一种颜色，比绿更广阔更浩荡。

春天，花还没来，绿先远行。人们不远千里追去看草原，其实，是去看绿的。牛羊点缀在绿上。湖泊镶嵌在绿上。蒙古包像白花朵一样的，盛开在绿上。一望无际的绿，波涛翻滚的绿，让一颗奔波的心，只想欢唱，只想纵情一回。

废弃的百年院落，墙上爬满绿。地上的砖缝里渗着绿。屋顶上，绣着绿——那真的像是绣上去的，茸茸的，在黑的瓦片上。

一只猫，跳上院墙，碰翻了一墙的绿。它在墙头上回眸，眼睛里，汪着两潭绿水。看着，竟让人忘了时间，忘了惆怅。

这世上，最是万古不朽的，是绿。

有绿环绕，生的趣味，才源源不断。

是在秦岭，大山腹部，遇见一条绿的溪流。

真真是绿透了呀，像把满山的绿草绿树，都给揉碎了，榨出汁来，倒在里面。

我惊诧得顿住脚步。想捧上那样的一捧绿，在口袋里放好。不为什么，只想随时摸摸这生命的质地。

也终于明白亨利八世的爱情。他偶遇一个着绿衫的姑娘，立即为之神魂颠倒。宫廷华丽，美女如云，却难忘野外的绿袖子。小绿初开，在心里种出温柔来。怎能相忘！怎么相忘！于是，一曲《绿袖子》成了经典。

这是绿的魔力。

去西藏。好山好水地看过去，最难忘的，却是纳木错。

高原之上，它不时地变换着魔术，逗自己玩。天空是蓝的，它就是蓝的。天空是靛青的，它就是靛青的。天空是灰的，它就是灰的。

那天我去，恰好撞见一个绿的湖，碧绿的。像条绿丝带，飘拂于山峦之中。

之前，我因高原反应剧烈，头疼欲裂，寸步难行。然等我看到它的刹那，我的所有不良反应，竟神奇般地消失。我跳下车去，奔向它。那飘向天际的绿丝带，跟山峦浑然一体，跟天空浑然一体，纯净安然。你只觉得灵魂被洗濯一遍，空灵，宁静，无所欲求。

湖旁堆着不少的玛尼堆。有的高得像座小山丘。藏人绕湖一圈，祈福，放下一粒石子。再绕湖一圈，祈福，放下一粒石子。如此循环，无有止境，才形成这样的玛尼堆。而绕湖一圈，需要几十天的时间。这小山丘一样的玛尼堆，该叠加着多少双虔诚的脚印！祈求我的牛羊啊。祈求我的亲人啊。祈求这混沌的尘世啊。祈求我的来生啊。他们信奉着心中的神，欢乐、哀伤、苦难、悲怆，一切的情绪，最终，都化为平静。平静得像一抹绿，湖水一般的绿。

生命本该呈现的，就是这样的平静啊。

在一个叫华阳的山区，看山民们制作神仙豆腐。

说是豆腐，其实与豆一点关系也没有，它完完全全是由绿绿的树叶制作而成。

树的学名叫双翅六道木，山民们却唤它神仙树。过去饥荒年代，人们拿它救命，捣碎，取汁充饥。谁知那汁液竟十分的可口黏稠，绵软似豆腐。人们怀着感恩的心，当它是神仙所赐，叫它神仙豆腐。代代相传，它成了独特的民间小吃。

一对老夫妇，做这个已五十多年，靠这个养大四个儿女。如今儿女们都出息了，但老人家还是每天一大清早，走很远的路，攀上山去，采回树叶，做神仙豆腐。他们说，做习惯了，一天不做，心里就空得慌。

我看到他们把烫煮过的绿叶子扣进木桶里，拿木杵一上一下地杵。绿绿的汁液，很快漫出来，被过滤到另一只桶里，均匀地摊到一块大石板上。石板迅捷披上了一件绸缎般的“绿袍子”，那么绿，那么滑。待冷却后，揭下那件“绿袍子”，切成手指宽的绿条条，凉拌，吃在嘴里，又滑又软，清香透了。

那一口一口的绿啊！人间美味，叫人感激。

去江南。随便一座古镇，深巷里闲遛，也总要撞见做青团子的。

那是取了青绿的艾蒿，碾碎，和了糯米粉，揉搓而成。

看做青团子，也是极有意思的。眼见着那一团一团的绿，在一双手上盘啊盘啊，就盘成了青团子，乖乖地在蒸笼里躺着，浑身绿得晶莹透亮。像颗绿宝石。蒸笼上冒出的香气，竟也是绿绿的了。

我爱看那些捏着青团子的手，苍老的，或年轻的，无一不浸染着绿。深巷幽静，我的耳畔仿佛响着一支绿的情歌，咿咿呀呀，从千年的烟雨中，一唱三叹的，穿越而来。

满架秋风扁豆花

说不清是从哪天起，我回家，都要从一架扁豆花下过。

扁豆栽在一户人家的院墙边。它们缠缠绕绕地长，你中有我，我中有你。顺了院墙，爬。顺了院墙边的树，爬。顺了树枝，爬。又爬上半空中的电线上去了。电线连着路南和路北的人家，一条人行甬道的上空，就这样被扁豆们，很是诗意地搭了一个绿篷子，上有花朵，一小撮一小撮地开着。

秋渐深，别的花且开且落，扁豆花却且落且开。紫色的小花瓣，像蝶翅。无数的蝶翅，在秋风里舞蹁跹。欢天喜地。

花落，结荚，扁豆成形。五岁的侄儿，说出的话最是生动，他说那是绿月亮。看着，还真像，是一弯一弯镶了紫色边的绿月亮。我走过时，稍稍抬一抬手，就会够着路旁的那些绿月亮。想着若把它切碎了，清炒一下，和着大米饭蒸，清香会浸到每粒大米的骨头里——这是我小时的记忆。乡村人家不把它当稀奇，煮饭时，想起扁豆来，跑出屋子，在屋前的草垛旁，或是院墙边，随便捋上一把，洗净，搁饭锅里蒸着。饭熟，扁豆也熟了。用大碗装了，放点盐，放点味精，再拌点蒜泥，滴两滴香油，那味道，只一个字，香。打嘴也不丢。

这里的扁豆，却无人采摘，一任它挂着。扁豆的主人大概是把它当风景看的。于扁豆，是福了，它可以不受打扰地自然生长，花开花落。

也终于见到扁豆的主人，一位整洁干练的老妇人。下午四点钟左右的光景，太阳跑到楼那边去了，她家小院前，留一片阴。扁豆花却明媚着，天空也明媚着。她坐在院前的扁豆花旁，膝上摊一本书，她用手指点着书，一行一行读，朗朗有声。我看一眼扁豆花，看一眼她，觉得它们是浑然一体的。

此后常见到老妇人，都是那个姿势，在扁豆花旁，认真地在读一页书。视力不好了，她读得极慢。人生至此，终于可以停泊在一架扁豆花旁，与时光握手言欢，从容地过了。暗暗想，真人总是不露相的，这老妇人，说不定也是一高人呢。像郑板桥，曾流落到苏北小镇安丰，居住在大悲庵里，春吃瓢儿菜，秋吃扁豆。人见着，不过一乡间普通农人，谁知他满腹诗才？秋风渐凉，他在他居住的厢房门板上，手书浅刻了一副对联："一帘春雨瓢儿菜，满架秋风扁豆花。"几百年过去了，当年的大悲庵，早已化作尘土。但他那句"满架秋风扁豆花"，却与扁豆同在，一代又一代，不知被多少人在秋风中念起。

大自然的美，是永恒的。

清学者查学礼也写过扁豆花："碧水迢迢漾浅沙，几丛修竹野人家。最怜秋满疏篱外，带雨斜开扁豆花。"有人读出凄凉，有人读出寥落，我却读出欢喜。人生秋至，不关紧的，疏篱外，还有扁豆花，在斜风细雨中，满满地开着。生命不息。

十月

十月说来也就来了。

不过几日工夫，天空就像一把巨伞给撑开了似的，高远得很了。明净的蓝，蓝绸缎一样的，抖开来，滑溜溜的，一铺千万里。这时的天空，太像海洋了，稠稠的蓝，厚厚的蓝，纯粹的蓝，深不见底。不多的几丝云，像白菊花细长的花瓣，浮在水面上。

人在十月的天空下走，忽然有种手足无措的感觉。像在骤然间，被谁拽进一间豪华的宴厅。宴厅里，多的是衣香鬓影，美酒金樽。灯光闪耀辉煌，丰盛的菜肴，摆满了桌子。水果成堆，柿子、桔、大枣、石榴、香橙，只只都是饱满欢实的。菱角老得很劲道了，采摘下来，用刀切开，里面全是粉嘟嘟的肉。剥了它，用瓦罐煨鸡，是再好不过的一道美味。

这个时候，大把大把的颜色，渐渐让位于金色。好像之前一个春天的草长莺飞，一个夏天的荷红柳绿，全都是为它作铺垫。你眼中所见到的，是夺目的金，奢华的金，古朴的金。人常用金秋来说十月，真是再妥帖不过了。十月，真的就是金做的呢。

尤其是乡下。

驱车去乡下吧，那里的每一枝稻穗，都是金色的。稻穗们你挤我挨，站满一田，再一田，稻浪翻滚，是一地一地的金子在滚哪。老农站在稻田边，脸上是小有成就的自得之色。他望向稻田的眼神，很像望向一群儿女。哪一棵水稻，不是他一手带大的？彼时彼刻，他的心，是舒坦的，愉悦的。稻穗映得他满头满身，都是金色，他是闪闪发光的一个人。

河边的芦苇，也快变成金的了，从茎到叶，再到花。而茅草整个的柔软起来。一堆儿茅草挤在一起，像极小黄狗身上的毛，泛着金色的温暖。如果你躺上去，做上一个梦，当也是金色的罢。

雪白的棉花，上面也好像敷了一层金粉，越发的显得白。那是阳光洒下的。那是风洒下的。

十月的风，已开始带了哨音，吹在身上，薄凉。夜晚在路边亭子里闲坐，露水调皮地溜进来，歇在发上、肩上、膝上，裸露的手臂，有了冰凉之感，必须加件厚外套才行。回家查日历得知，快寒露了。寒露过后，就是霜降。秋已走到深深处。

栾树的果却继续红着。我去一家小超市买盐，出门，被门口一树一树的红，差点惊了个趔趄。它简直红得有些吓人，一颗一颗，心一样的，抱成一团，燃烧起来，从树上，一直燃烧到地上。满地落红！却不让人感伤，只觉得美，美到极致！去日无多，它似乎紧着这最后时光，疯狂一把。它当懂得，华丽丽转身，远好过颓败萧索，更让人记挂和念想。

桂花已经爱到不能自已，只管把一颗心也碾碎了，制成蜜饯。香，香透了。拿去吧，你尽管拿去吧。更深露重，天地却因这香，显得情意绵长。怎忍匆匆离去？坐会儿，再坐会儿，在这桂香里低回，浅笑，人生的那些追逐忙乱，都变得无足轻重。

菊花开满头了。

有空就上街去转转吧，不定就能遇到一拖车的菊花。卖花的大多数是老人，瘦，但精神着。花要的不是忽略，而是倾心相爱，人老了，心思变得单纯，最配与花相伴。

我总会带回一两盆。书房里摆着。夜凉如水，总有花这么开着，总有人这么好着。

云水禅心

好的曲子，是百听不厌的。

比如，我正在听的这首《云水禅心》。佛曲。四五年前，我初遇它，惊为天曲。魂被它一把攥住，满世界的喧哗，一下子退避数千里。

清清爽爽的古筝，配以三两声琵琶，如隔夜的雨滴，滚落在萋萋芳草上。一扇门，轻轻洞开，红尘隔在门外。人已完全做不了自己的主了，像懵懂的幼儿，一步步被它引领着，走近佛，走近禅，走近灵魂最初的地方。竹海森森，有泉水叮咚，有清风徐拂，有白云悠悠，有鸟鸣声交相呼应。鱼儿在清泉里，摇头摆尾。它们在一起，自吟自唱，相安无事。空气是绿色的，你甚至感觉到，有扑面而来的清冽和甜蜜。静，真静哪！这时候，你的心，化作一泓泉水流过去，化作一缕清风吹过去，化作一朵白云飘过去。不，不，还是化作一尾鱼好了，在清泉里，自由自在地游弋吧。

我的窗外，夏天的燠热一步一步逼近。今年的季节有点怪，春天久盼不至，夏天却急不可耐，一马当先，攻城略地——天气是猝不及防热起来的。可隔了几年未听，这首《云水禅心》，还是一如既往的清丽。再多的烦躁，在它的轻抚下，也一一平息。

云水？这个词真是绝妙！云是天上的水，水是地上的云。它们到底谁是谁呢？一个，是另一个的影子，相互倾慕，相互辉映。

不记得在哪里看到的一句话了：云飘到哪里，人追到哪里；水流到哪里，人走到哪里。这天与地，原不是太阳的，不是月亮的，而是云的，是水的。

那一日，与几个朋友相约，去几百里外的便仓看牡丹。那里有传说中的枯枝牡丹——紫袍和赵粉，枯枝之上，绽放欢颜，花开七百四十年。驱车途中，一条河在我们一侧，一路跟随。天空晴朗，云朵洁白。突然撞见一个老渡口，有渡船停在岸边。午后清闲，老艄公独倚在船头，望天。

隔岸，一个村庄像一幅水粉画，静止在那里。满坡的油菜花，还没开完，将谢未谢，把半条河给染得金黄。黛青的瓦房，散落在菜花间。

我们跳下车，奔过去。同行中，有四十大几的男人，激动得像个孩子，拿起照相机，一通猛拍，嘴里不停地嚷，多好啊，多好啊。

好什么呢？这天！这地！这云！这水！这渡口！

老艄公倚在船头，气定神闲地看着我们。他是见多识广的，单等我们说，过河去。

真的过河去了。一人一元的渡船费。我们说，不贵不贵。好奇地问老艄公，你一天要渡多少人过河呢？他答，有时多，有时少。我们笑了，这话，像禅语。

船向对岸划过去，击起水花一朵朵。水里的云影，被搅碎了，又很快缝合。靠岸，我们扑进岸边那片菜花地，走小径，过小桥。桥下忽然荡来一条小船，上面载着一些农用物品。船上有三人，两个男人，一个女人，女人头上系着花头巾。他们一门心思撑着小船，从我们跟前划过去，划过去。岸边杨柳青。

我们忘了要去的目的地，在那个小村庄里流连，心里涨满莫名的感动。

人生的相遇，相见，相别，是这样的不确定，又是这样的合情合理。佛家说，云水禅心，又云在青天水在瓶。一切的物与生命，原都以自然的面貌，个个存活在自己的岁月里。像那个老渡口，一河的水，倒映着岸边的油菜花，倒映着蓝天白云。午后的阳光，泼泼洒洒。一艘小船，从时光里，悠然撑过。

大雪倾城

我一直搞不懂，我到底算是南方人，还是北方人。

我去北方时，北方人称曰，你们南方人怎样怎样。我到南方时，南方人称曰，你们北方人怎样怎样。

海离我的小城不远，是黄海。江离我的小城不远，是长江。不过，我在江北。

我爱南方的温润和柔媚。一场雨后，那青石板铺就的老巷子里，有兰花的香气在游走。隔江相望，我的骨子里或许也浸染了一二。于是常带给人假象，陌生人首次见面，会询问我，你是江南人吧？然我又极爱面食和北方菜，山东煎饼、馒头和东北乱炖，我都吃得欢欢的。比小白兔吃萝卜还欢。日日吃着，都不嫌腻。

节气的抵达，怕也如我这般疑惑，不知它算是北方的呢，还是南方的。它到达我这里，总会慢上半拍，比北方要晚，比南方要早。

像这大雪日的到来。

古语云："大者，盛也，至此而雪盛也。"朋友威在哈尔滨，这个节气里，她那里已下过好几场雪了，雪厚得能堵门。我这里，却是连绵的阴雨，阴得钻人骨头。冷，又冷得不干不脆的，让人焦急。

焦急着等一场雪。

雪终于姗姗而来。虽是蜻蜓点水的那么几枚，可足以让我们兴奋的。

——看，下雪了。街上多的是这种惊喜的声音。

那会儿，我正站在一棵掉光叶的梧桐树下，等那人停车。我说，要庆祝下雪。

两个傻瓜一拍即合，我们决定在外用餐。

午时的天空，阴，一片混浊。然因那几枚雪，竟也点缀出童话的色彩。

我伸手接雪。用围巾接雪。用帽子接雪。谁能忽视它的到来？它的纯洁和晶莹，总能在瞬间，碰疼人心底的柔软。

我们都是柔软的。

一闪念，忽然想起康海这个人来。明代大才子，少年时就显露出非凡的才华，人见之，预言，必中状元。后果真大魁天下。他为人刚正不阿，这样的人，在官场中势必要遭到怨恨与陷害。他后来被削职为民，再不过问仕途，一心只创作乐曲歌辞，自比为乐舞谐戏的艺人，为他家乡的秦腔，作出卓越的贡献。后人给予评价：官场不幸秦腔幸。

这样的人，有着雪的风骨，是要瞻仰着才是。他的诗文，亦是骨骼奇秀的。他写过一首《冬》的诗，很应我眼前的景：

云冻欲雪未雪，梅瘦将花未花。流水小桥山寺，竹篱茅舍人家。

三笔两画，一幅乡村冬日图，就活灵活现了。初读，以为是静止的。像佛乐《云水禅心》，古筝叮咚，乐曲突然地滑翔下去，那种空灵，无有尽头。我总觉得，佛乐是有颜色的，青色，或者银灰，最配。空旷，迷离，如这冬日一场大雪前。

然分明又是驿动的。无论是云，还是梅，还是流水，还是小桥，还是山寺，还有竹篱和茅屋，它们都在翘首以待一场雪。等待的心，简直就要蹦出来了。

也许只是一盏茶的工夫，这场雪，就会沸沸扬扬而下。它们将在梅枝上雕刻花朵，将在流水上裙摆轻扬，将在小桥上铺设雪毯。它们调皮地打着滚儿，在山寺的屋顶上，在人家的篱笆墙上。

这个时候，最好能约上三五知己，围炉取暖。喝点小酒，唱点小曲，读点闲书，说点闲话。门外，雪和夜色，慢慢倾城。

第二辑　清　供

一屋子都有春光流转，清简，且静。我感觉灵魂里有只小鸟，在扑着翅膀。

清供

春日里，宜清供的草木实在多，一枝连翘可使得，一枝海棠可使得，一枝菜花可使得。就算插枝柳，也是好的。一枝，也就够了。多了，就芜杂了，减损了那清供之味。我看野地里的蒲公英开得又多又好，实在没忍住，挖了一棵回来，装一只瓦盆子里长，竟也是欣欣向荣的，十分的妥帖。

书架上，也不放多余的杂物，就把瓦盆搁那上头。它与一排书为邻，里面趴着一朵黄，笑得羞涩。隔一天，又冒出一朵黄来，花瓣儿似小嘴似的张开着，很兴奋的样子。我疑心它在轻轻唱着歌，无词无曲，只哼哼着唱。像我妈在地里劳作，无人时，她偷偷哼起来，也是无词无曲的，她哼给自己听。

乡间的一切，都是会唱歌的。我倾听着，越发觉得瓦盆子里有歌声逸出。我也想哼唱了。我看着它，心里面高兴，也说不清的，就是高兴。一屋子都有春光流转，清简，且静。我感觉灵魂里有只小鸟，在扑着翅膀。

书房里还摆着一只石瓶，是朋友钱校送我的。钱校是个简单温润的人，喜收藏。一得空了，他就钻进古玩市场，总不会空手而归。这只石瓶就是他从古玩市场淘得的，明清时的古董，跟了他十多年了。青石上面，斜卧着一枝牡丹，一朵盛开，一朵含苞，花叶丰厚，雕工精致。他初见我，觉得这瓶子与我极配，执意送我。他说，插一枝梅花，刚刚好。

我没有插梅花，也不插别的。我在里面供养空气、天光和宁静。我在书桌前做着事，看书、写作，或是画画儿，一抬头，就与它相见了。我总要发发幽思，从前，都谁谁谁曾拥有过它？摆在案几上，春天插桃，夏天插荷，秋天插菊，冬天插梅。清水与共，慰了多少从容不迫的光阴。几百年后，它竟辗转来到我身边。我知道，它也不过只能伴我一程，他年，它又将流向他方，成为他人的清供。世之拥有，原都是此一时彼一时的。既然没有永久，又何必贪着永久？得，我不大喜。失，我亦不大悲。从容相待，便好。

从前读《红楼梦》，对薛宝钗不喜，以为她工于心计，圆滑世故。如今再读，却读出她的清明简洁，清厦旷朗。你且从贾母的眼里看她，“及进了房屋，雪洞一般，一色玩器全无，案上只有一个土定瓶中供着数枝菊花，并两部书，茶奁茶杯而已”。多洒脱的一个好姑娘，有雅士之风。

也极喜人家门楣上书“室雅人和”这四个字。觉得好，顶好不过。站在这样的人家门前，脚步自觉放轻了，人自觉安静起来。如果推门进去，刚好看到室内的摆设，亦是清爽明净的。沙发椅子，都是木头的。靠墙是一排书架。案几上也无多物，左不过搁着一只笔筒，外加一只瓷瓶。瓷瓶里斜插几朵花，不蔓不枝。主人看的书，翻到一页，随意搁在沙发上。一切都尽着素朴，又在那素朴里，开出雅致的花来。再看这一家人，待人接物都和和气气的，神情举止里，自带光芒。这样的雅室，供养出的心灵，必是干净的，有碧玉之光。

一天就是一辈子

我买了一堆彩铅，作画。

我在纸上随意描摹，画猫，画狗，画小草，画小花。态度谦恭认真，像刚学涂鸦的小孩。人见之，大不解，问我什么的都有。“你为什么现在要学画画？画了做什么用的？”“你是想改行做画家么？”“是哪里约你的画稿吗？”“你是想给自己的书画插图么？”……无一例外的，都奔着一定的功利去。仿佛我种下一棵树，就是为了收获到一树的果，否则，就不符世道常规，就让人匪夷所思了。

可是，有时种树，只为那栽种时劳作的喜悦，有阳光洒下来，有汗水滴下来，泥土芬芳，内心充盈，就很好了呀。它实在无关以后，以后，有没有一树的花，有没有一树的果，有什么要紧呢！

年少时，我是那么热衷地喜欢过画画。梦想里，是想拥有一屋子的彩笔，画一屋子的画，在墙上随便贴。却被大人们认为不务正业，他们苦口婆心地劝告，小孩么，将来考上好大学，找份好工作，做人中龙凤，才是最好的奋斗目标。我很听话地藏起自己的梦想，一日一日，朝着大人们所要求的样子，成长起来。偶尔想起，我曾经也有过自己的梦的，却恍若隔世了。

想想我们一生，几乎都活在世道的常规里。做任何事，走任何路，是早就规定好了的，由不得我们自己做主。我们以世俗的目光来衡量成败，追逐着那些所谓的梦想，追得好辛苦。到头来，外表或许很光鲜了，繁花似锦，内里，却空空如也，一颗心，常常找不到着落处。在前行的路上，我们早把自己弄丢了。

好在还有时间来弥补。我以为，哪怕生命只剩最后一天，都为时不晚。这一天，你完全属于你自己，你可以捡拾起从前喜欢的笛子，吹上两段，断续不成曲那又有什么关系？你不必在乎他人的眼光，不必在意曲调是否流畅，你只享受着你吹响的那一刻。手握笛子，有音符从心底飞出，你很快乐。能够使自己快乐，才是人生最大的收获。

就像现在我拿起画笔，不定画什么，也不定画成什么模样，赤橙黄绿，落在纸上，都是我缤纷的喜悦。那些我曾经的年少，那些我隐蔽的梦想，在纸上一一抵达。风吹着窗外的花树，云唱着蓝天的歌谣，怎么样，都是好了，我可以把一天，过成我想要的一辈子。

在菊边

一

新搬进的房，可以接纳大捧的阳光。

阳台上有。房间里有。转一圈，看到吃饭的餐厅里，居然也有一束阳光，像朵花似的，茸茸的，开在我的餐桌上。那是后面人家的窗玻璃反射过来的。

我坐进书房里写字，阳光悄悄跟进来，趴在我的脚面上，像只听话的猫。它不言不语。我也不言不语。有时，心灵懂得与相知，语言便成了多余。

我写一会字，看一下它。再写一会字，再看一下它。我觉得它笑了，我便也笑了。

我很享受这种寂然的欢喜。

二

去看最深的秋。再不看，又得等一年了。人生经得起几番秋去秋来？所以，不等。

穿一件新买的红格子外套。很乡村的味道。这种味道，最适合我。不饰不装，如庄稼。

好吧，来世，就让我做一棵庄稼吧，小麦，或是水稻。我将在黑色的泥土里，由一粒小小的种子，成长为丰收的金黄。

这样的生命，真的很丰富。

秋在那里。

在滩涂上。在林子里。

万亩银杏，寂然在风里。

一树一树累累的果，像镶了一树金黄的珠子。谁知道它内里的香软？

没人采摘，任由那些果实一径落下。地上果实和落叶，缠绵在一起，生生世世的样子。

我倚着银杏树拍照。每一棵银杏树，都是看客。我试图端出我最美的样子，给它看。我笑得真心实意。我笑得欢畅开怀。我笑得无忧无虑。

风有些大，却不感到冷。怎么会冷呢？这么多银杏树，等我在这里啊。我从这棵，跑向那棵，再跑向另一棵，再另一棵。我们相视，没有一句话。

要语言做什么呢？有这颗滚烫的心，就够了。

我捡拾了很多的银杏果。吾乡人又称它白果的。我觉得白果这叫法好，白白的果子，又直白又形象。它内里的核晒干了，的确白净得很。从前我奶奶形容小脸的女孩长得好看，她总会这么说：哎呀，那孩子生得多好，长了一张白果脸呀。

现在，把它用水泡软，去外皮，用纸包上，放微波炉里转上一两分钟，便是香软的小吃食了。

我提着一袋银杏果，像提着这个秋天最华美的馈赠。我要一天吃上几颗。从今往后，我的每一个日子，都将是香软的了。

三

怎么也没想到会遇到那些菊。那真是意外的惊喜。

我只是偶然路过。

菊开在林子里，开在一棵一棵的白杨下面。

不是一朵。不是两朵。不是三朵。而是一地，一地，再一地。朗朗的，望不到尽头。

我左右环顾，寻找主人。

哪里有？漫长的海堤，少有人烟。连过路客也很少。

它是寂寞开无主。

可是，这有什么要紧？花开与不开，完全是花的事。

我看了这朵看那朵。颜色也就黄和白。素洁的，却又是绚丽的。你开你的，我开我的，不吵不闹，一律顶着一张笑脸。

曾听过一首《在梅边》的歌。歌词写得乱七八糟，却有一句记在心上：在梅边落花似雪纷纷绵绵谁人怜。

那么，在菊边呢？在菊边，眼眼都是绚丽的欢喜。

低头轻嗅，有浅香钻入肺腑。没有一朵菊是愁苦烦闷的，那是因为，菊的心里，住着芬芳。

白云生处

一

好好的，突然刮起了一阵风。

风真大，似猛兽发了狂，一路狂奔着。晾在外面的衣，挂不住了，我收进来。一抬头，看到天空。怔住，不自觉“啊”了声。

那些云，那些雪白雪白的云，被风赶着，慌不择路地跑着。跑着跑着，就滚到了一起，滚成一个一个的大雪球。天蓝得深沉又深情，跟湖泊似的。那些“雪球”，又似浮在水面上的大白鹅。这一群“白鹅”，是谁放牧的呢？

不可思。

我也就不去思了。只做着一个闲观“白鹅”凫游的人，觉得幸福。

晚上七八点的天空，又是另一番样子。风止了，云朵稀了，它们变成莲花瓣了，簇拥着一个大而皎洁的月亮。这个时候的月亮，有王者之气，有金属的光芒。

花树扛着一树的花，浸着月光，朵朵都是蜜饯。青草地上的青草，浸着月光，柔嫩清润得似乎都能摘下来，直接塞嘴里吃。月下有跑步的人，他们泡在月光里，有瓷器之美。

我一会儿看看天空，一会儿看看大地。我所要的好世界，就是这个样子的罢。

二

五月。我在合肥。

下午三四点的光景，天空很干净，有蓝玉之光。这样的天空，惹得我频频抬头。后来，我索性停在路边，一心一意地看。

无数的白云朵，突然冒了出来，像一场雨后，蘑菇们唰啦啦从土里钻出来。

这很神奇。我想，天上一定有谁在种着这些“白蘑菇”。

这些“白蘑菇”密密地聚在一起，又嘭嘭嘭地开起花来。你根本来不及细看，那些花朵，便都开好了，像秀气的玉兰花。

一天空的玉兰花呀。一朵挨着一朵，一朵挤着一朵，仿佛就有香气流淌下来。

我恨不得飞上天去，摘下它们来，提着篮子去叫卖，让花香染遍一条一条悠远的深巷。

晚上，跟当地朋友说起这个。他挺意外，“啊”一声，笑了，说，是吗，有吗？我们这里也有这么好的天空？

我突然心疼得不知所措。

不远处，五月的蔷薇，攀爬在一户人家的铁栅栏上，默默地开。

三

杜牧写“白云生处有人家”，这一笔真是聪明，漂亮，大气磅礴！

没有多余的修饰，甚至不带一点比喻和夸张，他近乎大白话的，把眼睛里看到的，给实打实地描绘出来。秋色弥漫，草木斑斓，有石径弯曲其上，直往那云端里去了。鸡舍房屋，隐隐约约。山居寻常，却如此动人心魂。

他用的那个“生”字，令我着迷。是“生活”的生，是“活生生”的生，是“生龙活虎”的生，是“生生不息”的生。

我们来这尘世走一遭，原都是为了这个“生”。白云朵，亦不例外。

每一朵白云，原也是有根有家的。

这样的云朵，鲜活，亲切，有烟火气。

贾岛的“云深不知处”也好，却显得渺茫，心绪无着落。

四

我说我养了几朵云。

唔，是真的。

我把它们养在窗子外头，养在我小屋的上空。

我在屋子里做事，我一扭头，就看到它们。小白鸽一样的，隔着窗，朝我张望。

每天有它们在，天空多晴朗啊。

它们都是爱学习的好孩子，每一个都学得一身会变魔术的好本领。有时，它们会变成小鸡小狗，小羊小兔子，甚至小老虎，逗我玩。有时，它们又变成小溪流，哗啦啦流。或是变成沙滩。或是变成山峰、丘陵和峡谷。

我在看书的时候，它们也一本正经在看书。我在给花浇水的时候，它们就自己变成一朵花。

它们也会跟我屋前长着的几棵树玩。把影子一朵一朵，投射到树的上面。一只鸟，蹲在它们的影子里唱歌。一只猫，走过树下面。它抬头看看树，有些好奇，它一定看见了白云朵藏在里面。

它们偶尔的，也会离开几天，去巡游外面的世界。它们一离开，天就阴了，下雨了，或是下雪了。我不急，也不埋怨，我耐心等着，我知道它们很快就会回来。

果真的，我一觉醒来，雨停了，雪止了。它们正蹲在我的小屋旁，一脸明媚地看着我。

如果有一天，我说我要送一朵云给你，那你一定被我当成了知音。

蔷薇几度花

喜欢那丛蔷薇。

与我的住处隔了三四十米远，在人家的院墙上，趴着。我把它当作大自然赠予我们的花，每每在阳台上站定，目光稍一落下，便可以饱览到它：细长的枝，缠缠绕绕，分不清你我地亲密着。

这个时节，花开了。起先只是不起眼的一两朵，躲在绿叶间，素素妆，淡淡笑。还是被眼尖的我们发现了，我和他几乎一齐欢喜地叫起来："瞧，蔷薇开花了。"

之前，我们也天天看它，话题里，免不了总要说到它。——你看，蔷薇冒芽了。——你看，蔷薇的叶，铺了一墙了。我们欣赏着它的点点滴滴，日子便成了蔷薇的日子，很有希望很有盼头地朝前过着。

也顺带着打量从蔷薇花旁走过的人。有些人走得匆忙，有些人走得从容。有些人只是路过，有些人却是天天来去。想起那首经典的诗："你站在桥上看风景/看风景的人在楼上看你。"这世上，到底谁是谁的风景呢？——你是我的，我也是你的，只不自知。

看久了，有一些人，便成了老相识。譬如那个挑糖担的。

是个老人。老人着靛蓝的衣，瘦小，皮肤黑，像从旧画里走出来的人。他的糖担子，也绝对像幅旧画：担子两头各置一匾子；担头上挂副旧铜锣；老人手持一棒槌，边走边敲，当当，当当当。惹得不少路人循了声音去寻，寻见了，脸上立即浮上笑容来，“呀”一声惊呼：“原来是卖灶糖的啊。”

可不是么！匾子里躺着的，正是灶糖。奶黄的，像一个大大的月亮。久远了啊，它是贫穷年代的甜。那时候，挑糖担的货郎，走村串户，诱惑着孩子们的幸福和快乐。只要一听到铜锣响，孩子们立即飞奔进家门，拿了早早备下的破烂儿出来，是些破铜烂铁、废纸旧鞋等的，换得掌心一小块的灶糖。伸出舌头，小心舔，那掌上的甜，是一丝一缕把心填满的。

现在，每日午后，老人的糖担儿都会准时从那丛蔷薇花旁经过。不少人围过去买，男的女的，老的少的，有人买的是记忆，有人买的是稀奇——这正宗的手工灶糖，少见了。

便养成了习惯，午饭后，我必跑到阳台上去站着，一半为的是看蔷薇，一半为的是等老人的铜锣敲响。

当当，当当当——好，来了！等待终于落了地。有时，我也会飞奔下楼，循着他的铜锣声追去，买上五块钱的灶糖，回来慢慢吃。

跟他聊天。“老头。”——我这样叫他，他不生气，呵呵笑。“你不要跑那么快，我们追都追不上了。”我跑过那丛蔷薇花，立定在他的糖担前，有些气喘吁吁地说。老人不紧不慢地回我：“别处，也有人在等着买呢。”

祖上就是做灶糖的。这样的营生，他从十四岁做起，一做就做了五十多年。天生的残疾，断指，两只手加起来，只有四根半指头。却因灶糖成了亲，他的女人，就是因喜吃他做的灶糖而嫁给他的。他们有个女儿，女儿不做灶糖，女儿做裁缝，女儿出嫁了。

“这灶糖啊，就快没了。”老人说，语气里倒不见得有多愁苦。

“以前怎么没见过你呢？”

“以前我在别处卖的。”

“哦，那是甜了别处的人了。”我这样一说，老人呵呵笑起来，他敲下两块灶糖给我。奶黄的月亮，缺了口。他又敲着铜锣往前去，当当，当当当。敲得人的心，蔷薇花朵般地，开了。

一日，我带了相机去拍蔷薇花。老人的糖担儿，刚好晃晃悠悠地过来了，我要求道：“和这些花儿合个影吧。”老人一愣，笑看我，说：“长这么大，除了拍身份照，还真没拍过照片呢。”他就那么挑着糖担子，站着，他的身后，满墙的花骨朵儿在欢笑。我拍好照，给他看相机屏幕上的他和蔷薇花。他看一眼，笑。复举起手上的棒槌，当当，当当当，这样敲着，慢慢走远了。我和一墙头的蔷薇花，目送着他。我想起南朝柳恽的《咏蔷薇》来：“不摇香已乱，无风花自飞。”诗里的蔷薇花，我自轻盈我自香，随性自然，不奢望，不强求。人生最好的状态，也当如此罢。

槐花深一寸

槐花开的时候，我抽了空去看看。人生的旅途说长也长，说短也短，我们能相遇到的花期也有限，我不想错过每一场花开。

槐花也属乡野之花。它比桃花、梨花更与人亲，那是因为它心怀甜蜜。花开时节，空气中密布它的香甜，让你不容忽视。于是乡下孩子的乐事里，就有这么一件，爬上树去摘槐花。那也是极盛大的场景，树上开着槐花，地上掉着槐花，孩子们的脖子上、肩上落着槐花，口袋里，还塞着一串串白。随便摘取一朵，放嘴里品咂，甜哪，糖一样的甜。巧妇会做槐花饼、槐花糖，吃得人打嘴不丢。家里养的羊，那些日子也有了口福。

我来赏的这树槐花，在小城的河边。小城新辟了沿河观光带，这棵槐，被当作一景从他处移植过来。

傍晚时分，光的影，渐渐散去。黑暗是渐渐加深的，及至一树的白，也没在黑里头，天便完全黑下来了。这时候，赏花变得纯粹，周遭的黑暗做了底子，槐花的白，跳跃出来，是黑布上绣白花。

仰头望向那树白，心莫名被一种情绪填得满满的。说不清那情绪到底是什么。那一刻，时间停顿，风不吹，云不走，仿佛什么都想了，什么又都没有想。这是人生的态度，我更愿意把它理解为本能，是由不得你的。

微笑着，想起那首出名的山西民歌《我望槐花几时开》。歌里唱道：高高山上一树槐/手把栏杆望郎来/娘问女儿你望啥子/我望槐花几时开……盼郎来的女儿家，心焦焦却偏不承认，把相思推给无辜的槐花，哎呀呀，槐花槐花，你咋还没有开？这里的槐花，浸染上人间情思，惹人爱怜。

风吹，有花落下来。我捡起一串攥手心里，清凉的感觉在掌中弥漫。白居易写槐花："薄暮宅门前，槐花深一寸。"我以为这是花落景象。古人尚不知花可吃，或者，知可吃而不吃，是为惜花。他们任由槐花自开自落，一径落下去，在地上铺了足有一寸深的白。真是奢侈了那一方土地，埋了那么多香甜的魂。

胭脂

突然听到“胭脂”这个名，我的心里，陡地吃了一惊。

是唤一个湿软的女子，她有着细长的眉毛，细长的眼睛，生在江南烟雨的小巷里，暗香浮动，摇曳生姿。又或是，古有女子，对镜理红妆，是“谁堪览明镜，持许照红妆”，是“玉面耶溪女，青娥红粉妆”，——这里的“红”，就是胭脂。素手纤纤，在胭脂盒内蘸取一点，拍在腮上，女子的脸，立即艳若桃花。

彼时，夕照满天，我正弯腰，在细细打量一丛花。那是块拆迁地，断壁残垣处，它开得生机勃勃，喜庆热闹，全然不理周遭一片瓦砾倾轧。紫红的一朵朵，昂昂然，艳，鲜嫩，有股不屈不挠的架势。在我，是旧相识，只没想到，阔别多年，会在城里与它不期而遇。

一位遛狗的老先生路过，以为我不识此花，随口告诉我，是胭脂啊。因他这一说，我认定他是个文化人。我用微笑向他致意，颔首谢过，却在心里翻江倒海。

它居然有这么个香艳的名字。

童年的乡下，家家都有这么一大丛胭脂花，长在厨房门口，仿佛它生来就派长在那儿，是乡村应有的模样。像屋后面有河，弯弯的田埂边开野花。像屋顶上歇着无数的雀，牛羊的叫声，此起彼伏。

它在傍晚开，早上合，和月亮一起盛放，和星星们一起旖旎，它是夜的精灵。我的乡亲远没这么抒情，在他们眼里，天地万物，都是本来的样子，鱼在河里游，鸟在天上飞，没什么可奇怪的。家家做晚饭不看钟点，只要瞟一眼厨房门口的花就是了。哦，晚婆娘花开了，该做晚饭了，他们自言自语。

对，他们叫它晚婆娘花。是勤恳持家的小主妇，夜幕降临了，还不肯歇息，纳鞋打粮，为一家人的生计打拼，直到月亮累弯了腰，花儿也要睡了。

断指七爷的家门口，也长着这么一大蓬胭脂花。七爷的断指，说是打仗时打掉的。激战中，他用手去挡子弹，子弹一下子削去了他四根手指。

我们小孩子好奇，问他，七爷，你真打过仗么？

七爷从鼻孔里“哧”出一声，不搭理我们，自去喝他的老酒。一桌一椅，一人一壶，斟满一个夕阳。

鸟雀声稠密，一旁的胭脂花，开得沸沸扬扬。

我们傻傻看着，被眼前景怔得无话可说。这时，突然听到七爷幽幽吐出一句，喊，我跨过鸭绿江时，你们这些小毛头还不知在哪片草叶上飘呐。

我们不懂什么鸭绿江，但从他的神态上，肯定了他果真是打过仗的，心里便把他当英雄崇拜。村里人也都这么崇拜着，对他尊重有加。他无后，孤身一人，住两间茅棚，极少种地，家里却从不缺吃的。谁家新打了粮，有了时令蔬菜，都给他送。我受母亲委托，曾给他送过扁豆。这任务让我觉得光荣。小篮子提着，全是新摘下来的扁豆，散发出一缕一缕清香的味道。他收下扁豆，叫我好姑娘，在空篮子里放上两块糖，说，替我谢谢你妈妈。他这么一说，我便高兴得不得了。有糖吃自然高兴，还有他谦和的语气，也让我莫名开心。

一年一年的，村庄见老了，七爷却不见老。前几年我回乡遇见，他还是那般样子，八九十岁的人了，耳不聋，眼不花，一顿还能喝掉半斤酒。全村人都把他当老佛爷了，家家有事，他都是座上客。

他的房子村人们给新修了，小瓦盖顶，门窗结实。只遗憾着，门前不见了胭脂花。

相见欢

花，真大，硕大，白缎子扎出来似的。人普遍称之“广玉兰”。它其实还有个别名，叫荷花玉兰。这叫法才真叫体己，把它的清新脱尘，活脱脱给叫出来了。它是开在树上的荷花。

一排，一排，路两侧，高大的树上，栖息着这样的花朵。密集的绿叶之中，它的白，愈发显得醇厚，浓郁，质感嫩滑，跟新鲜的奶油似的，让人有咬上一口的欲望。

五六月的天，小城的荷花玉兰，不吵不闹地开了，一朵接着一朵，总要开到七八月。花香顺着风飘，清清淡淡，清清淡淡。是浴后的女子，怀着体香。因为多，人多视而不见，他们日日袭着花香走，却不知道感激谁。

花不在意。无人留意它，还有鸟儿呢。我看见一只翠鸟，飞进花树中，在绿叶白花间，蹦蹦跳跳，幸福地鸣叫。纵使没有鸟儿光顾，也还有蝴蝶呢，还有蜜蜂呢。哪怕只为一缕拂过的轻风，它的开放，也有了意义。

与它，不是初相识，而是再相逢。是十八九岁的年纪吧，我远在外地的一座城读书。校园里走着，不经意就能撞见这样一棵树，高大，枝繁叶茂。没课的时候，我喜欢躲在二楼的阅览室看书，拣了窗口坐。窗外，一棵荷花玉兰，枝叶蓬勃得都俯到窗台上来了。什么时候看着，它都是满树的绿油油，春光永驻的样子。

最喜花开时分。是鼻子先知道的。一缕一缕的香，从窗外飘进来，在薄薄的空气中浮动，空气变得酥软。抬头，与花朵打个照面，心里的欢喜，一蓬一蓬地开了。

陌生的男孩女孩搭讪，是从这花开始的。

咦，花开了？那一天，终日在一张台子后坐着，负责登记各类报纸杂志的男孩，突然站到女孩跟前来，顺着女孩的目光，看向窗外的荷花玉兰说。

是啊，花开了，女孩答。低头，眼光落在书上面，有些慌乱。

我看你每次来，都借阅诗歌一类的书，你很爱诗？男孩问。

女孩的心跳得缤纷，原来，他一直注意她的。女孩惊喜地说，你也爱诗？

男孩点点头，不好意思地说，我有时，也胡乱涂一些的。

男孩是阅览室的收发员，来自偏僻乡下，家穷，母亲多病，他早早辍学。因了一远房表亲的关系（他的表亲在这所学校任职），他得以在此谋得一临时差事。

女孩不介意这些，她和他交流各自写的诗。薄薄的黄昏，暗香浮动。

也有过为数不多的一两次散步，两个人，在别人诧异的目光中，沿着一排一排的荷花玉兰走。没话找话的时候，他，或者她会说，看，花又开了不少了。

于是，都仰头看花。男孩忽然说，真羡慕你们这些大学生啊。又忽然认真地看着女孩说，谢谢你，你没有看不起我。

女孩的心里，又甜蜜又悲伤，竟是说不出的。

也就要毕业了。女孩去找男孩道别，才得知，男孩早已辞了工作，走了。女孩看到男孩留下的诗：你有你的路要走/我有我的路要走/感谢相遇的那会儿/你的温暖/陪我走过孤单。

经年之后，我每遇到荷花玉兰，会想起这些来。男孩的样子早已模糊，却清晰地记得那一朵一朵的花，在我青春的枝头，静静绽放。

我现在任教的校园里，也种有大棵的荷花玉兰。午后清淡的闲暇里，几个孩子嬉闹着过来了，他们额上淡黄的绒毛下，望得见青嫩的血管在搏动。他们从一排花树下过，并不抬头看花。我忍不住喊住他们：

看，那些花。

花？哪里有？他们看看我，茫然四顾，终于在头顶上发现了大朵的荷花玉兰。他们惊叫起来，这么大的花啊！

青春的回眸里，怎么能少了一朵花的香呢？我笑笑走开去，任他们在花树下，叽叽喳喳。

看荷

一到夏天，我就急不可耐吵那人，看荷去，看荷去。

公园里，原先有的。一方小水域里，植了百十株。每逢夏至，那片池，成了荷的天下，碧绿的叶，红粉的花，舞尽风情。

后来，荷却不见了，连一片叶子也瞧不见了。原先长荷的地方，泊着孩子们玩的小汽艇。盛夏里走过那里，一池的水在寂静。我以为，它们在怀念荷。

去别处看吧。听人说，某单位有。大院子中央，水泥浇铸的小池子里，栽了十来株，花开也婷婷。寻去，极负责任的门卫阻拦，看着我问："干什么呢？"我语急，慌不择词："找人。""找谁？"他不依不饶。

答不出，只好实话实说："我想进去看荷。"

"看荷？"门卫狐疑地打量我，他肯定从没遇到过以这样的理由堂而皇之想进他们单位的。他没有放行。

我从铁栅栏外，遥瞥见一抹红，我猜，是荷吧。心里念着，荷，我来看过你了。想起画家张大千的话来：“赏荷、画荷，一辈子都不会厌倦！”荷担当得起这样的喜欢。

那人驱车带我去邻近的兴化市，我终得以与荷重逢。公路两侧，乡野广阔，小小的水塘，大大的水塘，里面散落荷无数。雨后清凉，花打落不少，却有圆圆的叶，很随意地铺在水面上。每片叶上，都汪着一捧的晶莹，是一颗大大的心。诗人杨万里形容得好：“却是池荷跳雨，散了珍珠还聚。聚作水银窝，泻清波。”果真的泻清波啊！

附近劳作的农人，伸手遥指远处一丛芦苇，笑着告诉我们：“那后面还有更多的藕呢，藕花开得也多。”他不说荷，他说藕，这等叫法，有骨子里的亲近。他才是真正亲荷的人。

农人慷慨地要借了小船给我们，让我们划过去看。我们谢绝了他的好意。还是不打扰荷的清静吧，就这样站在水塘边，看着也好。天空高远，大地澄清，荷们独自舞蹈。花多以白色为主，凝脂一般的。间或有一点两点的红，俏立在青绿细高的茎上，红唇微启，是花骨朵儿。最有看头的，还数那些圆润的荷叶，它们是水面上盛开的绿的花朵。

问农人：“每年都长吗？”农人答：“每年都长呢，我们这里水多，盛产藕。”听了，由衷高兴，这是荷的幸运，也是农人的幸运。如此，年年相会。

想起我在念中学的时候，有女同学家在小镇附近，家里种了成亩成亩的荷。她是这样相邀的，去我家吃藕啊。花开时节，站她家田埂旁，张眼望去，碧绿的底子上，跳出一朵一朵的雪白和粉红，美得惊天动地。她不在意，她的父母不在意，他们采藕，清炒了吃，煮了吃，包了饼子吃，甚至生吃，脆香。那里面附着荷花的魂呢。

好多年了，那个女生的姓名，我早已忘了，可是她的样子，却清晰地记得：胖胖的，有着藕一样雪白的肌肤。她的身后，荷花遍地。

才有梅花便不同

趁着天黑，去邻家院子边，折一枝梅回来。这有偷的意思了——我是，实在架不住它的香。

它香得委实撩人。晚饭后散步，隔着老远，它的香就远远追过来，像撒娇的小女儿，甜腻腻地缠着你，让你架不住心软。我向东走，它追到东边。我向西走，它追到西边。我向南走，它追到南边。我向北走，它追到北边。黑天里看不见，但我知道它在那里，它就在那里，在邻家的院子里。一棵，只一棵。

白天，我在二楼。西窗口。我的目光稍稍向下倾斜，就可以看到它。邻家的院子，终日里铁栅栏圈着，有些冰冷。有了一树的梅，竟是不一样了。连同邻家那个不苟言笑的男人，他在梅树下进进出出，望上去，竟也有了几分亲切。一树细密的黄花朵，不疾不徐地开着，隔了距离看，像镶了一树的黄宝石。枝枝条条，四下里漫开去，它是想把它的欢颜与馨香，送到更远的地方去。一家有花百家香。花比人慷慨，从不吝啬它的香。

梅是大众情人，人见人爱，这在花里面少见。梅的本事，是一般的花学不来的。谁能在冰天雪地里，捧出一颗芬芳的心？谁能在满目的衰败与枯黄之中，抖搂出鲜艳？只有梅了。它从冬到春，在季节最为苍白最为寂寥的时候，它含苞，它绽放。它是冬天里的安慰，它是春天里的温暖。

喜欢关于梅的一则韵事。相传宋武帝的女儿寿阳公主某天午睡，独卧于自己寝宫的檐下。旁有一树梅，其时花开正盛。风吹，有花落于公主额上，留下一朵黄色印记，拂之不去。宫人们惊奇地发现，公主因这朵黄色印记，变得更加娇媚动人了。从此，宫人们争相效仿，采得梅花，贴于额前，此为梅花妆。原来，古代女子的对镜贴花黄，竟是与梅花分不开的。

我对着镜子，摘一朵梅，玩笑般地贴在额前。想我的前身，当也是一个女子吧，她摘过梅花么？她对镜贴过花黄么？想起前日里，去城南见一个朋友。暖暖的天，暖暖的阳光，空气中，有了春的味道。突然闻到一阵幽香，不用寻，我知道，那是梅了。果真的，街边公园里，有梅一棵，裸露的枝条上，爬满小花朵，它们甜蜜着一张张小脸儿，笑逐颜开。有老妇人，在树旁转，她抬眼，四下里看，趁人不备，折下一枝，笑吟吟地，往怀里兜。她那略带天真的样子，让我微笑起来，人生至老，若还能保持着这样一颗喜爱的心，当是十分可爱且甜蜜的罢。

亦想起北魏的陆凯。那样一个大男人，居然浪漫到把一枝梅花，装在信封里，寄给好朋友范晔，并赋诗一首："折梅逢驿使，寄与陇头人。江南无所有，聊赠一枝春。"他把他的春天，送给了朋友。做这样的人的朋友，实在是件幸运且幸福的事。

我折回的梅，被我插在书房的笔筒里。简陋的笔筒，因了一枝梅，变得活泼起来俏丽起来。南宋杜耒写梅："寒夜客来茶当酒，竹炉汤沸火初红。寻常一样窗前月，才有梅花便不同。"诗里不见一字对梅的赞美，却把梅的风骨全写尽了。梅有什么？梅有的，就是这样的与众不同啊！一地清月，满室幽香。那样一个寻常之夜，因窗前一树的梅，诗人的人生，活出了不寻常。

冬天的树

在冬天，我常常不由自主地会为一棵树停下脚步，一棵掉光叶的树。

那棵树，或许是棵银杏，或许是棵刺槐，或许是棵苦楝树，或许是棵桑。它们一律面容安详，简洁清爽，不卑不亢，不瞒不藏，坦露出它们的所有。没有了蓊郁，没有了喧哗，没有了繁花灼灼、果实丰登。可是，却端然庄严得叫你生了敬畏和敬重。

偶尔的鸟雀，会停歇在它裸露的枝条上，把那当作椅子、凳子，坐上面梳理毛发，晒晒太阳。它也总是慈祥地接纳。

风霜来，它接纳。

雨雪来，它接纳。

岁月再多的涛光波影，也难得撼动它了。它在光阴里，端坐。鼻对口，眼对心，如“打禅七”的禅僧。

智利诗人聂鲁达说，当华美的叶片落尽，生命的脉络才历历可见。一棵冬天的树，很好地诠释了这句诗。

它让我总是想到那次偶遇：

是在南国小镇。年老的阿婆，发髻整齐，穿着香云纱的衫裤，端坐在弄堂口。风吹过去，吹得她的衫裤沙沙作响。人走过去，花红柳绿地摇曳生姿。她只端坐不动，与世界安然相对，榆树皮似的脸上，不见喜悲。

年轻时的故事，却是百转千回层层叠叠。家穷，兄妹多。那年，她不过才十一二岁，就南下南洋打工。所得薪金，悉数寄往家里。一段日子的苦撑苦熬，兄妹们终于长大成人。她从南洋返回后，自梳头发，成了一个立誓终身不嫁的自梳女。

那个年代，女性的地位低下卑微。走出家门的女性，独立意识开始苏醒，不甘心嫁到婆家，受虐待受欺侮。于是，她们像已婚妇女那样，在乡党的见证下，自行盘起头发，以示独守终身，这就成了自梳女。做了自梳女的女子，若中途变节，是要受到重罚的。轻则会遭到酷刑毒打，重则会被装入猪笼投河溺死。死后，其父母还不得为其收尸葬殓。

可是，爱情的到来，犹如春芽要钻出土来，四月的枝头花要绽放，哪里压得住！她爱了。

被吊打，被火烙，还差点被沉了河，她依然矢志不渝，只愿和心爱的人能生相随，死相伴。

她最终被乡党逐出家园。爱的那个人，却始乱终弃。她当时已怀有身孕，一个人流落他乡，养蚕种桑，独自把孩子抚养长大。

她拥有一手传统的好手艺，织得香云纱。九十多岁了，自己身上的衣，还是自己亲手织布，亲手漂染，亲手缝制。

人把她的一生当传奇，对她的往昔追问不休。她只淡淡笑着，不言不语，风云不惊。

是啊，还有什么可惊的呢！就像一棵冬天的树，已历经春的萌动，夏的繁茂，秋的斑斓，生命的脉络，已然描摹清晰。别再去问活着的意义，一生的所经所历，便是答案。

这个冬天，我陪朋友逛我们的小城泰山寺。寺庙跟前，我看到一棵苦楝树，撑着一树线条般的枝枝丫丫，斑驳着日影天光。如一尊佛，练达清朗。我们一时仰望无语。且住，且住，这岁月的根深流长。

第三辑　天很蓝，仿佛多年前

那个属于我们的年少时光，终究回不去了。

老学生

四十五年前，他新婚。乡下草棚两间，傍河而搭。屋旁一棵刺槐树，粗壮高大。那是祖上留给他的财产，伴过好几代人了。

他在树下置石桌石凳。人多时凳子不够，就拿几张苇席摊地上，众人席地而坐。

那时，他家里的人真是多。大锅煮粥，满满一大锅，一圈下来，就见底了。他新婚的妻子手忙脚乱，刷锅烧火，再重新煮上一大锅。

业余时间，他挖空心思，尽想着怎么弄到吃的。门口的自留地里，都种上了蔬菜。巴掌大一点地方，也舍不得浪费。青菜都长到屋檐下、门槛前了。他后来还发明在屋顶上种菜。一把种子撒上去，过几日，那茅屋顶上，居然也是嫩绿一片——青菜也可顶粮食，好度饥荒。

其时，他三十出头，任代课教师。乡下贫穷，十二三岁的孩子，是要当劳力帮家里干活的，哪里有闲工夫上学？再说，也没那个闲钱。他一家一家去游说，说到最后，他拍胸脯保证，不要学费，一日三餐他包了。

冲着那口吃的，不少孩子奔了去，跟着他识字念书。一到饭时，浩荡着去他家吃饭。这么吃着，再大的家业也抵不住啊，何况，他也不富裕。他变卖了家里能变卖的东西，最后，连父亲留给他的一块珍贵的怀表，也给卖了。

好在乡下人实诚，看着他那么撑着，心里感动，偷偷相帮。早上开门，他常在家门口发现一袋子山芋，或是一篮子蔬菜。有时，甚至还会有小半袋子的大米。

一个叫永的男孩子，长得精瘦，体弱。记忆力却惊人，又好学。他诵过一两遍的东西，这孩子就能一字不差地给吟诵出来。他偏爱这孩子，给他开小灶，熬大米粥喝。那会儿，他的妻子正有孕在身，这对他来说，不容易。三十大几的人，终于能抱上孩子了。家里特地养了两只生蛋的鸡，本是要给妻子加点营养的，可最后，鸡蛋却多半进了永的肚子了。

我是在四十五年后，遇见他的。彼时，一二十个老学生，正把更老的他，簇拥在中间——他们在隆重聚会。当一个老学生，扛着一袋子东北大米到达时，聚会被推向高潮。

扛大米的老学生自我介绍，老师，我是永啊。他打量老学生半天，“哦”一声，是你啊，都长变样了，变得这么壮实。

四十五年前，他只是出于自然本心，害怕知识被荒废，害怕那些乡下孩子被荒废。过后，也没大记心上。可在老学生那里，却一直难以忘怀他的好。恢复高考制度后，这些老学生，是第一批考上大学的。永更是其中的佼佼者，名校毕业后，经一番打拼，现在已拥有一家几千人的大公司。

一年前，永得知这次聚会，立即放下手头繁杂事务，跑去乡下，辟了一块地，留着种水稻。从下种子，到插秧，到灌溉，到除草，都是他亲自上。他说，一定要给老师送上一袋子他亲手种的大米。

老学生们激动地叫嚷，今天沾老师的光，我们就吃这新大米煮的饭。

饭很快煮出来，粒粒圆润透亮，似白珍珠。他吃了满满一大碗米饭，笑着说，这是他吃过的最好吃的大米饭。笑着笑着，眼睛湿了。

青春底版上开过玉兰花

夏意儿念中学的时候，家离学校远，住宿。

每日黄昏，放学了，大多数同学都回家了，校园便变得空旷而宁静。她会抓一本书，去操场边。黄昏温柔，金粉一样的光线，落在一棵一棵的树上。是些广玉兰，五月开花，能一直开到九月，这朵息了，那朵开，碗口大的花，白而稠。就那样开得烈烈的，又是悄悄的。她会倚了树，背书，心淹没在那些金粉里，美好，安静。

某一日，她的安静，突然被操场上一阵一阵的欢叫声给打断了。那是一些男老师，在操场上打篮球。在那些男老师中，她一眼看到他们年轻的语文老师，正迎着夕阳的方向跑。他看上去，像骑着一匹金色骏马的王子，英俊极了。她只听见自己的一颗心，“嘭”的一声，开了花。

自那以后，她开始留意他。他的声音好听，他走路的姿势好看，看他的一颦一笑，那么近，又那么远。她的心，开始了忧伤。学习却格外努力起来。最喜欢语文考试或做作文，每次在全年级她都遥遥领先，让他的眼睛里，有了骄傲。他跟别班的语文老师说："我们班的夏意儿，语文好得没说的。"她站在他边上，听着这话，微低了头笑，心快乐得要飞。他转身看她一眼，点点阳光洒过来，他说："继续保持啊夏意儿。"她认真地点头，把这当做是她对他的承诺。

端午节，她特地跑回家，央母亲包多多的粽子。母亲问："要那么多吃得下吗？"她说："带给同学吃呢。"母亲包粽子时，她在一边相帮，挑又大又红的枣，一颗一颗洗净了，和在糯米里。母亲笑话她："这么小的丫头，就知道吃了。"她不言语，只是笑。第二日，天微微亮，她就赶到学校。他的宿舍门紧闭着，想他还在睡吧。她把精心挑出的一袋粽子，轻轻放在他宿舍门口。

后来他在班上，笑问全班学生："哪个同学给我送粽子了？"学生们愕然，继而都望向他笑着摇头。她也在其中，笑着摇头。他的目光，落向她又掠过她，他说："粽子我吃了，非常好吃，谢谢你们啦。"

课后，同学们很是热烈地讨论了一回："到底谁给老师送粽子了？谁呢？"她静静坐在一边，耳畔只是他的笑，他吃了她送的粽子呢。她因此而幸福。

元旦的时候，却传出他结婚的消息，教室里一下子沸腾起来，每个同学看上去都兴兴奋奋的。女生们争着打听他的新娘漂不漂亮，男生们则商量着给他买礼物。她一个人，跑去操场边，莫名其妙大哭一场。

再见到他，是几天后。许是新婚，他的脸上，有遮不住的甜蜜。学生们叫："老师，要吃喜糖要吃喜糖喔。"他笑着答应："好。"下课，他站在教室门口叫："夏意儿，你来帮我拿一下糖。"她坐在位子上没动，回："我肚子痛呢。"他关心地走到她跟前，笑着问："没关系吧？要不要去看医生？"她慌乱地一摇头，说："没事的。"他后来叫了另一个同学去，捧来一大堆花花绿绿的喜糖，她把发到手的喜糖，转手给了同桌，说："我从不喜欢吃糖。"同桌信以为真，很高兴地接了去。

她的语文成绩，自此一落千丈。

他很急，找她谈话，极温暖地看着她笑，他说："夏意儿，你知道吗，你是我任教的学生里，最聪明灵秀的一个，我希望我能有幸送你走进重点大学，那里，有属于你的金色年华。"她的心里，突然就落下千朵万朵阳光，玉兰花般开放。

一颗爱的心，就此，轻轻放下。后来夏意儿顺利考进重点大学，遇到了一个爱她的，亦是她爱的人。真的如他所说，她有了属于她的金色年华。

一辈子，一句话

不止一次听她诅咒她的丈夫，那个给她一生带来无限屈辱的男人。她瘦小的身子，倚了门框，眼望着远方。一排房屋后，是辽阔浩渺的天。她嘴里不停地骂着："那个老不死的。"恨是绕在嘴边的，眼睛里，却写满疼痛和茫然。

在她的骂声里，她的男人，早已骑了摩托，一溜烟地离开了。儿子牵不住，孙子牵不住，家牵不住。她知道，他又去会他的相好了。那个他爱的女人，这么多年来，一直如鱼骨，横亘在她的喉咙里，每吞咽一下，心就跟着痉挛一回。可她又能如何？她牵不住他的人，牵不住他的心，除了诅咒两句外，只能守了门望，从黑发，到白头。一路的年华，如开败的花，簌簌落下。

他不是她的第一个男人，她的第一个男人，是他哥哥。那年，她才生下大女儿，他哥哥突然暴病身亡。她抱着嗷嗷待哺的女儿，哭得死去活来，那时，她不过二十二三岁，是一朵开得正好的花，饱满盈润。

没多久，给她说媒的陆陆续续上了门。公公婆婆怕她改嫁后，会带走他们家的血脉，竭力撮合她，和他——比她小八岁的小叔子，成亲。她正凄惶失措，不知前路如何去走，想着日后若有公公婆婆扶持，总强过另嫁他人，遂答应了。他却抵死不肯，因为之前他早已有了喜欢的人，两情相悦着。他一连跑出去好多天，再归家，被父母强行关在房内，跟她拜了天地。

婚后，她恪守着一个做妻子的本分，给他洗衣做饭，生儿育女，侍奉公婆。他却很少正眼看她，在家时，大抵是沉默着的，如一截失了生机的树桩。更多的时候，他不归家，他把他的热情和爱，给了他爱的女人了。

也有过抗争，她跑去找那个女人。女人不屑地睥睨着她，说："我从来没有纠缠过他，有本事你让他跟你回去呀。"她气结，却无可奈何。他知道后，给了她两条路选择，要么离婚，要么保持现状。她是个传统的女人，看着一双稚嫩的儿女，看着年迈的公公婆婆，到底狠不下来心，隐忍着把日子过了下来。

这一过，就过了大半辈子。儿女都大了，各自组成了自己的小家庭。他还是极少归家，偶尔回家，也只是蜻蜓点水。她慢慢死了心，对他的恨，越来越彻底，只要有人一提及他，她就满腔怨恨地骂道："那个老不死的。”

一天，他突然归家，气色很不好。儿子陪他去医院检查，竟是肝癌，晚期。她听到这消息，怔住了，好半天才梦魇般地喃喃：“怎么会呢？怎么会呢？”

他在家里安顿下来，哪儿也不去了。她为他铺床，用的是他们结婚时的毛毯，那毛毯只结婚时用过，后来就一直被她锁在箱底。几十年了，毛毯还簇新，上面绣着的一对鸳鸯，还在快乐地戏着水。她的手轻轻抚过那对鸳鸯，泪水止也止不住，潸然而下。恨了一辈子，怨了一辈子，原来，心里是存着念想的，想着他回家，和她在一起。

他们终于厮守到一起。大多数时候，他躺在一张藤椅上养神，身上盖着那条毛毯，看着她在厨房里进进出出，眼神渐渐变得迷离。屋外的阳光，悄悄地落。窗台上，有她养的一盆金橘，上面已挂了不少的果。他的脸上，现出笑来。

精神气好的时候，他会跟着她，一步也不离，帮她接接拿拿。两个人，很有点老夫老妻的样子了。她从未如此满足过，把多年前鲜亮的衣服，一件一件翻出来，穿给他看。她变着法儿给他做好吃的，又不知从哪里寻来些偏方，哄着他吃下去。且瞒着他去庙里许愿，只愿他能陪她久一些，再久一些。

然终究无回天之力。弥留之际，他的眼光，久久停在她脸上，手努力伸向她。她赶紧伸过手去，他紧紧握住，仿佛拼尽全身力气，来握一生的愧疚。他盯着她的眼睛，一字一顿说："对不起了。"

她愣住，呆呆看着他，没听明白似的。他又重复一遍："对不起了。"她突然号啕大哭，泪如雨下，心里面多年垒起的壁垒，訇然倒塌。她守了一辈子，就为等他这句话。

那年，那次远行

冬夜，正睡得朦胧，被人轻轻推醒。国英姨娘的脸，在我的眼前晃，她说，乖乖，要起来了，要去接新娘子了。

我一下子清醒过来，我是被当作小伴娘，接到她家住的。

能被选作小伴娘，是很荣耀的一件事。全村有那么多女孩子，不是长相不讨喜，就是属相不好，犯冲。我有着一副圆脸蛋，望之团圆可爱。且属相又好，国英姨娘权衡再三，最终选定了我。

做伴娘的好处多多，能一连好几天，吃上好吃的，这是其一。能讨得许多喜糖，装满两只小衣兜，好些天里，嘴里都是甜的，这是其二。又突然从不起眼的小角色，变成了众星捧月的那一个，每个人见着我都会笑，说上一句，啊，梅你要去带新娘子啊。言语里，颇多羡慕。我觉得自己很重要很重要了。我还有个更大的私密的快乐，那就是，我可以，出远门了！我将被一辆自行车载着，到一个陌生的别样的地方去。对于生活在偏僻乡下的十岁女孩子来说，他方，是极具诱惑力的。尽管，那是夜里面去。

那些年，按吾乡风俗，接新娘子，都是在夜里进行的。冬天的夜，真是深，像屋后的大河一样深。天上的星星，却亮得很，像灶膛里的火星子。接新娘子的自行车，被新郎官推出来了，上面缠着红绸布。载我的自行车上，也缠着红绸布，是新郎官的一个表兄骑的。国英姨娘给我口袋里塞几块糖，叮嘱我，乖，你要坐稳了啊。我点点头，跳上车后座，觉得自己像跨上了骏马，真神气。可惜，是夜里，少有人看得见。

新娘子家在另一个镇，有三十多里地的路。我只记得拐过了很多弯，路过了很多桥。四周的田野，人家的房子，像一座座山峦，酣睡着，充满神秘。天冷，泥路又多颠簸，很快我的腿脚就麻木了，身子也麻木了。可心窝里，却像揣着一团火，说不清的，就那么热烈地燃着。夜很静，静得天上星星呵气的声音，似乎都听得到。新郎官和他表哥都不说话，他们只顾埋头踩着车。我也不说话，只听得见自行车的车轮子，在坑坑洼洼的泥地里，发出嚓嚓嚓的声响，一声连着一声。那么旷远，像一支永远也弹不完的歌，它就那样载着一个小女孩，走呀走呀，走向无穷里去。

半路上，我摔过一个跟头，从自行车的后座上被颠下来。那一跤，跌得不算重，但因我的腿脚麻木了，愣是坐在地上半天起不来。新郎官和他的表兄吓坏了，他们搓着双手，围着我说，妹妹，这怎么才好？我暗暗给自己鼓劲，终于，一瘸一拐上了车。他们都长舒一口气，剥一块糖塞我嘴里，叮嘱我，妹妹啊，你千万别对人说你摔过跟头的呀。

一晃好多年了，我回老家，遇到当年的新娘子，她都做奶奶了。她搀着她的小孙孙，在路边的一棵女贞树下玩耍。我说，你可记得当年，是我坐着自行车去接你的呢。她眨巴着一双皱纹密布的小眼睛，愣愣看着我，旋即笑了，可不是。想当年……

想当年什么呢？门前的路，早已换成水泥路，平坦宽广，公交车几乎驶到家门口。看着车来车往，我们微笑着，都没有再说话。

天很蓝，仿佛多年前

我读高中时，在家乡的一个小镇上。小镇是古镇，有好几百年的历史了。典型的粉墙黛瓦木板门，随便相遇一幢房，都入得画的。

房与房相对而望，中间隔出一条逼仄幽长的深巷来。偶有半树的繁花探上墙头，紫的，红的，在粉墙上妖娆地笑。也有绿苔趴在砖缝里，深巷便显得风情万种。那时我最喜欢到我同桌的家里去，她家就在镇上住。去时，须得穿过一条长长的深巷，就像穿越一座迷宫，什么样的奇遇，都可能出现。所以每次去，我都怀了无限的幻想，而事实上，却从未碰上过奇遇。

感觉中，小巷一直很宁静，似午后空中缱绻的云。某天清晨，我从那里过，看到一青春女子，穿着碎花的棉布睡衣，趿拉着木屐，在小巷里走。橐橐，橐橐，空巷里回荡着她的脚步声。一时间我的心里，充满羡慕，我想要成为那个女子，也那般闲适，那般从容。

推开同学家“吱呀”的木板门，是一个狭小的天井。天井边植一株茶花，好像一直在开着花。花朵丰腴，风姿绰约。同学有哥哥也有姐姐，哥哥常年不在家，是在外地求学，还是工作，我记不清了。只在一张合影上看到过他，眯缝着眼睛，嘴角上扬，很朝气蓬勃的样子。姐姐是个美人，总是匆匆地进门，又匆匆地出去。家门口的小巷里，定有年轻的男子候着。同学小声告诉我，追我姐的人很多呀。

不管什么时候去，天井里总有一锅汤在冒着热气，同学矮胖的母亲，坐在炭炉边择菜或拣米。那时白米少见，只城里有，里面掺和的杂质挺多的，是沙子或一些野草的草籽。我们乡下人家一年四季，只吃黄黄的苞米面，牙露出来，都是黄的。这让我觉得，能捧个匾子放膝上，不紧不慢地在暖阳下拣米，是极优越的生活了。

同学的母亲很随和，会招呼我坐，甚至留我吃饭。我现在很后悔那时的腼腆，竟连一声阿姨也羞于叫出口的，虽然每次前去，我都鼓励自己一定要叫人，响亮地叫。然每次都因害羞而闭紧了嘴。

同学的母亲倒不在意，每次我走时，她都会跟着送上一句，下次再来啊。我回过头去，脸羞红着，小声应道，好。小院门在我身后轻轻关上，生活的温馨和优越，又都关在里面了。再入深巷，我多了一丝惆怅，说不出由来的惆怅。深巷幽幽，什么样的情绪都能藏里面。就像一滴雨掉进海里面，倏地不见了，但你知道，它在里面，它就在里面。

多年之后，我在一家商场门口，与我的同学不期而遇。天很蓝，仿佛多年前。然我们，却走不回从前了，她发福成一个中年妇人，而我，也是一个男孩的母亲了。问起她母亲，她叹一口气说，走了，前年春上走的。老房子也拆迁了，我爸跟我哥去了北京，老家再没人了。

胸口突然一紧，有疼痛辣辣地掠过。我知道，曾经寄存了我许多梦想无数想象的深巷，它，一定也不在了。从此以后，我只能在记忆里，与它隔了岁月相望。

但，迷恋深巷的情结却是根深蒂固的。每每外出游玩，我总要寻了一些古镇去。它们有一个共同之处，就是都有悠长悠长的深巷，像扯不断的思绪。我喜欢在那些深巷里徜徉。我坚信巷子里的每一块砖，每一片瓦，每一处绿苔，都有自己的故事。它们安静在岁月的长河里，成了永恒。

偶一次，我路过一个叫溱潼的古镇，那里有一些保存得完好的老街道，我自然想逛一逛。同行的人却没多少兴趣，他们说，不就是几条街道吗，到处都有的，有什么可逛的？倒是一位六十开外的老先生极有兴致，主动要求陪了我逛。下了车后他才掩饰不住兴奋告诉我，上个世纪五十年代，他就在这儿读小学的。一路上他滔滔不绝，说着那个我不知道的年代的陈年往事，说他们如何读书，如何淘气。说那时他们班上有个男同学，一头的癞疮，大家就给他取了个绰号叫“癞巴子”。“癞巴子”没人理，只他理，所以“癞巴子”跟他最要好，常把母亲烙的饼偷来给他吃。呵呵，他笑，满足地。他带我穿过一条一条的深巷，去找寻当年的学校。不时喃喃，这儿是什么，那儿是什么。像梦游。结果却失望，学校早已不在了，被一片新房子所取代。他站在深巷里发愣，头顶上的天空蓝得澄清，他的表情很是忧戚。

后来，他又带我去寻他当年坐船来的码头。我们沿着弯弯曲曲的小巷走，总也走不到头的样子。我说不会走错吧？他开始还肯定，后来到底自己也没数了，五十年的光阴，足以把物事都改得面目全非。他敲开一户人家的院门进去问路，老码头却不是人人都知道的，年轻的户主跑去问隔壁邻居，响动声吸引了很多人来，大家围着相互探听，问什么问什么呀？哦，听说是来找寻老码头的，有人这么答。一时间大家的眼神就都绵长起来，语气里有了欷歔，呀，不简单，是上个世纪五十年代在这儿上过学的呀。

一片碧波浩荡的水域，终于在我们面前展开，老先生变得异常激动，他指着一个方向对我说，你看你看，那就是码头啊，当年，我就是从那儿上岸的……

黄昏了，夕阳揉碎在那片溱湖里，拉出一道道彩色的影。星星点点的橘红，小鱼样地在水面上跳跃着。我们站着，不说话，很遥远地看。心里，缓缓流过一泓湖水，悠悠荡荡。

古镇的深巷，绵延在我们背后，沉静着。是岁月最为本色的样子。

贺卡里的宛转流年

第一张贺卡，是送给我的语文老师的。

那时，我在乡下中学读初中，语文老师是新分配来的大学生，说一口流利的普通话，弹一手好钢琴，朗诵的声音像电台播音员，他很快赢得了我们所有学生的喜欢。新年了，我很想送他一件特别的礼物，然乡下孩子，穷，有什么可送的呢？刚好我的一个同学在城里的舅舅，给我的同学寄来一张贺卡。那是我第一次见到贺卡，浅白的底子上，飘着一盏盏红灯笼，真别致啊。

当时，贺卡只在城里有，乡下没得卖。我挖空心思说服父亲陪我进城，手里紧紧攥着平时积攒下来的碎币。城里的五光十色是来不及看的，一头奔了贺卡去，细细挑，慢慢选。最后选中一张，画面上，一个小女孩半蹲着，在吹蒲公英，她身后的草地，碧绿青翠，一望无际。我只觉得美，只觉得它很配我的老师。回家，我在上面工工整整地写下一行字："敬爱的老师，喜欢您！祝您新年快乐！"想了想，最终没署名。想我的老师到现在，也不知道是谁送他那张贺卡的吧。年少时喜欢一个人，很圣洁，把他当作心中的神。

高中时，有同学在一张贺卡上写了一阕词：“谁翻乐府凄凉曲，风也萧萧，雨也萧萧，瘦尽灯花又一宵。”只看一眼，心肺便被贯穿，我后来才知那是纳兰性德的词。同学把这张贺卡当作新年礼物送我，他说：“不久的将来，我们都老了。”我听了，心里划过一道深深的波，每滴每滴，都是疼痛的惆怅，一瞬间，仿佛老了去。现在回头看，有的，只是微笑与感动。青春无敌，哪怕是忧伤，哪怕是疼痛。

读大学时，我曾寄过贺卡给我的父亲。在贺卡上，我很是郑重地写下“父亲大人”这几个字。贺卡飞到我在的那个小村庄，引起不小的轰动。乡人们哪见过这个呀，且称自己的父亲为父亲大人。我父亲从村部取回贺卡，一路之上，不断有人索要了看，他们一脸羡慕地对我父亲说：“你家丫头出息了。”这让我的父亲非常得意，那张贺卡，父亲一直收藏着。我现在每次回家，他都要说起，脸上的表情很沉醉很生动。这让我很怀念那时的自己，那么单纯懵懂地对待这个世界，一往无前。

时光是只橹摇的船，咿咿呀呀的，这边还没在意，它已摇过一片水域去了。很快，我大学毕业了，工作了。头几年，真是热闹，同学之间书信往来不断，过年时，贺卡更是少不了的，我会收到一堆，也会寄出一堆。去买贺卡，慎重得不得了，一定挑了晴天丽日去，一家店一家店去淘，一张一张地精挑细选，在脑子里回想同学的模样，和他们的糗事，一个人，偷偷笑。

贺卡买回来，先自个儿欣赏了。然后净手，开写。在夜晚，在灯下，是最好的。那时，一个天地都是宁静的，思绪可以放牧得很远。白天就在脑中构思好的一些话，掏出来，左斟酌，右思量，这才在贺卡上写下。贺卡寄出了，一颗心，也随之放飞了，那种喜悦与真诚的祝福，无与伦比。

后来，成家了，渐渐被红尘俗事淹没，再没了那颗欢愉和跳跃的心。同学之间的联系，越来越稀疏，直至无。

也会在新年里，收到贺卡，是我的学生或读者寄来的。贺卡一律喜气洋洋，花团锦簇，大好的年华，开在上面。我对着它们看，心中轻轻淌过一条岁月的河。谁还在贺卡里巧笑倩兮？一地落叶黄，宛转流年，流年宛转。

从未走远

我跟我爸说，我打算去从前的小学看一看。那会儿，我和我爸，正坐在老家的屋门前聊天。不远处，丝瓜花趴在一垛草堆上窃笑，南瓜藤攀爬到一棵桐树上。

我爸听着一愣，笑了，你怎么突然想去看这个的？那地方，早就没啦。

我明白我爸说的“没啦”是什么意思。离家数十载，这样的“没啦”，在我的乡村，时时上演着——别离，乃至消失，人渐稀少，物已全非，都不是昔日模样了。

但我还是决定前去。

记忆里，从家到学校，是要经过两条河的。两座褐色木桥，架在其上。河岸边，人家的房，一幢挨着一幢，都是茅草屋。岸边长芦苇、垂柳，和各色各样的野草野花。也有一两棵野桃树，夹杂在其间。春天，野桃树撑一树粉粉的花，惹得蜂飞蝶舞。我们上学放学，总是一路走，一路玩，捉捉蝴蝶，摘摘野花，日影儿长着呢。

有时会半路遇雨。不怕。随便哪家的屋檐，都可以避雨。那家人会问，你是谁家的伢呀？我答，志煜家的。那家人就笑了，哦，原来是四队志煜家的二丫头呀。随手递过一只水萝卜来，给我吃。乡里乡亲的，真没一个不熟悉的。

学校没有围墙，从任何一个方向，都可以畅通无阻地进入。两排青砖红瓦房，一前一后，坐北朝南，是当时村子里最气派的建筑了。周围是村庄和农田。人家养的鸡，常大模大样地到学校的操场上来散步。猪也跟着来，羊也跟着来。猫和狗，那就更不用说了，它们时不时地会溜进教室里听课。听得不耐烦了，尾巴一甩，走啦。

一二年级时，老师教识字的方式很有趣。上识字课，一般是不大待在教室里的。老师会领着我们去隔壁人家，拿起挂在墙上的镰刀，教我们读写“镰刀”。拿起靠在墙角落的锄头，教我们读写“锄头”。一转身，望见大门口搁着的扁担，又教我们读写“扁担”。也常把我们带去地里，读写麦子、玉米、棉花、水稻、黄豆、向日葵，如此等等。我们最初认识的字，先从农具和庄稼开始的。

教我们的老师，也都是本村人。放学了，他们就一地道的农民。田间地头，常常会遇见他们，担着一担的粪，裤腿卷得高高的，与旁的村人，并无两样。但因是老师，我们还是有些惧怕的，遇见了，会远远躲开去。

我们的同学，也都是打小就一起玩着的，熟悉得很。也有兄弟姐妹在一个班级读书的，也有叔叔和侄儿在一个班级读书的。那叔叔竟比侄儿还小，被侄儿欺负了，躺在地上大哭。老师见着了，训他，没羞，你还是个做叔叔的呢！

教室门前，长一棵苦楝树。春天有紫粉的小碎花，飘落一地。花落后，结累累一树果实。果实小，圆溜溜的，味苦，麻雀们饿极了也不去啄食。男孩子的口袋里却装满它，用弹弓射着玩，互相追逐着打闹。果子打在人身上挺疼的，由此常引发吵架，甚至打架事件。吵完了打完了，他们继续捡这些小果子，一起用弹弓射着玩。年少的所谓恨，是从不过夜的。

我顺着记忆，走到那里。正如我爸所言，小学校园的一丁点影子都没有了。那里，已变成一片庄稼地。地里有劳作的农人，远远问我，你是来寻小学的吧？

我问，你怎知？

哦，常有人来寻的。前几天，还有夫妻两个，带了孩子来，一家三口，站在这田旁边拍了好几张照片呢。

是吗？我微笑。心里漫上一种说不清的情绪。有时的沧海桑田，也不过是几十年的事情，但终究，还是得到安慰。因为，记忆的一角，会永远留着它们的位置，让灵魂的回归，有迹可寻。

我曾如此纯美地开过花

那年，我高考失利，托了关系，辗转到邻县一所中学去复读。那所中学在城里。乡下孩子，脚上穿着母亲纳的粗布鞋，身上穿着母亲缝的粗布衣，走进城里，心里是藏着很多自卑的。我除了用功读书外，再没有什么可依托的，总是独来独往。

学校周围，住一些人家。小门小院，家家门前长花长草，还长一些泡桐树。树高大得很，枝叶儿密密地掩了人家的房。四五月的时候，泡桐树开花，看不见叶，只有一枝一枝淡紫的花，环绕在房子上方，像给房子戴上了花冠。我喜欢在清晨，捧了书，跑到那些树下读。那个时候，我也成了大自然中的一个，忘了乡下孩子的自卑，我变得很快乐。

那一天，我照例捧了书去读，突然遇见那个男孩。我起初并没有看到他，我正埋首在我的书里面，是他差点撞到了我。我抬头，尴尬地“啊”了声。他吃一惊，转过脸来，我看到霞光在他脸上，镀一层橘色光芒，他望上去，真是花朵一般清洁的一个人。

他不好意思冲我笑了，点点头，又继续他的运动。一袭白衣，黑发飞扬。

这以后，我在清晨读书时，总会遇见他，一袭白衣，迎着朝阳跑过来，身上有泡桐花的影子在晃。他跑过我身边，会放慢脚步，对我微笑着点点头。我装着不在意地回他一个笑，心里头，却有头小鹿在跳。

后来在学校，人群里相遇，他显然认出了我。隔着一些人，他递给我一个笑，温润的，熟稔的，有某种默许似的。我的脸，无端地红了，也还他一个笑。却自始至终，我们都不曾说过一句话。

我的梦里，开始晃动着一个影子。很多的时候，看不真切，像远远开着的一树花，一团的白。我开始嫌自己不够漂亮，对着镜子，把清汤挂面样的头发，拨弄了又拨弄。母亲纳的布鞋，母亲缝的布衣，多么让我难堪！我变得很忧伤很忧伤。那些捉不住的忧伤，雾霭般的，渐渐飘满了我的日子。

泡桐花快落尽的时候，我得回我的家乡参加高考。走的那天清晨，我依然捧本书，跑去那些泡桐树下读。那个男孩，也依然来晨跑。他跑过我身边时，一如既往地放慢脚步，冲我微笑着点点头，复又渐渐加速跑远。时光仿佛永远就是那样的，浸着花香，散发着橘色的光芒。但我又清楚地知道，它不是的，它就要变成没有了。我的疼痛，一瞬间击中我。那个清晨，我流泪了。我很想很想对他说一声再见，但最终什么也没说。

我不知道那个男孩的名字，甚至都没仔细看清过他的长相，但他那一袭白衣，隔了再远的岁月，我都还记得。每年，泡桐花盛开的时候，我自然而然会想起他。我会痴痴发上一会儿愣，而后微笑起来。我望见了我柔软的青春，不后悔，不遗憾，因为我曾如此纯美地开过花，对岁月，我充满感恩。

谁知道一棵草的心

我是在去乡下的路上，看见那朵花的。仅仅一朵，橘红，艳得像一枚红纽扣。彼时，风正袭裹着寒潮，铺天盖地而来。秋深了。满目是衰败，与仓皇的撤离，不闻虫叫，连飞鸟也少了许多。只有不怕冷的小麻雀，在渐次枯萎的草丛里，寻寻觅觅。

花盛开。它的周围，狗尾巴草和蒲公英，早就瑟缩成一团。连耐寒的菊花，也萎了下去，开始做冬天的梦。它却昂昂然，小脸蛋在风中，挣扎得通红通红。它是深秋天里的小英雄。

我在那朵花跟前停下来，我仔细打量它，我搜肠刮肚着，也没想出它的名字来。它或许本就没有名字，它只是一棵寻常的野草，在这个深秋天里，它旁若无人地绽放出属于它自己的梦想。

我想到了老家的小艾，和她六岁的儿子。

小艾很小的时候，父母离异，一河之隔，父亲住河南岸，母亲住河北岸，她随了父亲。父亲好酒，每喝必醉，每醉必打她。童年的小艾，整天趿着一双破布鞋，提着一只破篮子，在田埂上晃悠。衣袖上积满厚厚的污垢，泛着黑油油的光，神情木呆呆的。村里人都说，这丫头，脑子被她酒鬼老子打坏了。再唤她，前面就加了个“呆”字。呆小艾——村人们这么唤。小艾听到唤，只抬眼看一下，复又低下眼皮去，面上无欢喜，也无悲伤。

这样的小艾，如荒野一棵草，自生自长着，谁都不把她当回事。也念过两年书，但小学没毕业就回了家，帮父亲干农活。

十八岁，小艾出落成大姑娘了，圆圆的脸庞，满月一般的。也是在这个时候，村人们才发现，原来，小艾还挺好看的。说谋的上门了，小艾没别的要求，只要求对方唤她小艾，而不是呆小艾。

小艾嫁了。所嫁的男人，比小艾大六岁，在外做小生意。小艾跟着男人一起打理小生意，日子竟很快红火起来。再回村，小艾抱了刚满月的儿子，提着大包小包的礼物，旁边跟着她的男人，是一幅让人眼馋的幸福美满图。村人们争相跟小艾打招呼，一口一个小艾地叫着，小艾一路笑着应。她的背后，是村人们一地惊讶的叹息，没想到，呆小艾有呆福，嫁了个好人家。

小艾的幸福并没有持续多久，她白白胖胖的儿子，居然有智力缺陷。同龄的孩子，早就会跑会跳了，他却连站都站不稳。别的孩子把儿歌念得像小鸟宛转啁啾，他才结结巴巴会叫妈妈。小艾的男人起初还抱着希望，带着儿子天南地北去看病，然这种病又如何治得了？最后，男人竟动了坏心思，想抛弃智障儿。小艾死活不肯，她跟男人离了。从此，与儿子相依为命。

小艾出事是在一个下雨天。那日，她骑车经过一座危桥，从桥上摔下去。这一摔，把她摔成了植物人。不少人跑去看她，看后，都摇头，说，该料理她的后事了。

小艾六岁的智障儿子，根本不明白发生什么事了。他像往常一样，趴到小艾身边，用小手猛拍小艾的脸，一边拍一边叫，妈妈，妈妈，你陪宝宝玩。

有人看不下去了，把他抱开去。过一会，他又跑过来，伏到小艾枕边，拍打小艾的脸，吵着要小艾陪他玩。

一天又一天，他就这样不停地拍打着小艾的脸。

半个月后，小艾真的被他拍醒了。她说，她听到儿子一直在叫她。

这世上，有些坚韧，是超出人们想象的。谁知道一棵草的心里，怀着怎样的梦想？谁知道一颗卑微的灵魂下，有着怎样的爆发力？生命的奇迹，由此诞生。

浮生一梦

看电视里的民国少爷，穿质地精良的长衫，手执一把折扇，逗鸟看戏四处游玩，后面还跟着几个小跟班的，优哉游哉着，我总忍不住想，那是不是我爷爷少年时。

我爷爷生于民国七年，在苏北一个叫丁家庄的地方。据我爸讲，当年的丁家庄，有一半田地都是我爷爷家的。合家百十口人，住的房屋都是青砖小瓦房，有前后院落，几进几出。彼时，我祖上花开灼灼，人丁兴旺，好一个人间繁庶地。

我爷爷上有三个哥哥，四个姐姐，他是家里最小的孩子，排行老四，人称四少爷。我那未曾谋面的太奶奶，家风甚严，规矩极大，唯独对我爷爷这个老幺，宠溺得不行，请了私塾先生专门教我爷爷习字读书。我爷爷不爱，正经的书读不了几行，只管把那些野趣传闻的偷拿来读。我还记得小时他讲包青天，讲隋炀帝下扬州，讲小方青会姑母，讲岳飞，讲杨家将，故事好听得很，总吸引一批孩子围着他。我爷爷也是斗蟋蟀玩纸牌扎风筝的头把好手，我奶奶说，跟她拜堂成亲那天，我爷爷还在跟人玩斗蟋蟀，家里着人找了半天，才把他找回家。我奶奶怀头胎，就要生了，我爷爷却领着一帮侄子侄女在放风筝。他扎了一架几丈长的巨型风筝，飘飘摇摇上了天，底下有成百人观看。值此时，好风好水，繁花满枝头，乱世浮沉，世事维艰，与我爷爷一点关系也没有的。

我太奶奶过世，一个大家族立马四分五散。我爷爷分得一些房屋田产，吃饭度日原是足够了，然因他太贪玩，不懂生计，很快把些房屋田产都变卖光了。他带我奶奶举家迁去荒田时，全部家产只剩下三间小瓦房。我家住了多年的茅草屋，屋上的椽子、大梁、门和木格窗，都是这三间瓦房上的。上祖留下的东西，也就这么多了。

生活变得辛苦，我爷爷跑去上海投奔他的二哥和大姐。二哥和大姐，早年在上海做事，也都把家安在上海。这个小弟弟到了，做哥的做姐的自然照顾有加，鼎力相助。二哥很快帮他谋得一轻松差事，坐办公室的，专管一支黄包车队。还给他弄到了一间房，带小阁楼的，上面住人，下面可以烧饭。我爷爷在上海安顿下来，乐不思蜀，他偶尔去办公室装模作样坐一会儿，也没什么事可做。然后就去泡戏园，他追过梅兰芳的戏，几乎场场必到。

我奶奶在家望眼欲穿，盼着他能寄点钱回家。哪里有！他自个儿玩还不够的。无奈，我奶奶带着我爸，怀里还抱着一个吃奶的幼儿，决心去上海找我爷爷。娘仨个才走到半路上，路上却发生枪战，是八路军与国民党在交手。娘仨个随逃难的人跑，急急慌慌中，我奶奶把抱在手里的幼儿也给弄丢了。她和我爸趴到一条渠沟里，趴了一夜，只听见子弹从耳边“嗖嗖”飞过，如爆豆子似的。好不容易枪声停了，却传来消息，去往上海的路被封了，她和我爸只得打转回来。

丢了的孩子，被好心人捡了，辗转交到我奶奶手上。只是这孩子注定命不长，回来后不久，得了天花，死了。若活着，一切顺当，如今也六七十岁了，我该叫她三娘娘。

我爸孤身一人去上海投奔我爷爷时，七岁。我爸去投奔的目的只有一个，他想念书。

我爷爷遂了我爸的愿，把我爸送进学堂。

然我爷爷一个人逍遥惯了，完全没有做父亲的意识，他有了钱，还是想去泡戏园就去泡戏园，一泡就是一整天，全然想不到，家里还有一个小孩在等着他。

我爸中午放学回来，常常锅灶是冷的，家里无一粒米，可怜的孩子饿着肚子又去上学。走过弄堂口，那里有做油饼的山东人，认得我爸，有时会好心地送我爸一只油饼吃。

我爸拖欠学校的学费。问我爷爷要钱，我爷爷总是说："等下次吧，下次发了工钱，我就给你。"然下次真的发了工钱，他首先是听戏去了，泡茶楼去了，学费依然拖欠着。每日去学校，老师见到我爸的第一桩事就是问："丁志煜，你今天学费带了吗？"我爸羞愧地摇头。老师就没好气地说："啵，站到后面去。"我爸就站到教室后面去，堂堂课都站着。

饥饿和罚站，终于把一个孩子压垮了，刚好有苏北乡下的人来上海，我爸要跟着那人回去。我爷爷不阻拦，去弄堂口买了十只油饼，让我爸揣着，就把我爸给打发走了。

我爸的学业就此中断，他在上海，只读了两年半的书。

我爸对我爷爷一直有着抱怨。"糊涂虫，糊涂了一辈子。"我爸如此评价我爷爷。

摊上这样一个诸事不问，只管玩乐的父亲，做孩子的自然很辛苦。我爸是家里长子，上面虽有两个姐姐，可作为家里最大的男丁，他六七岁就能去老街上的典当行当东西，换回大米。大凡家里跑腿的事，也都归这个六七岁的孩子管。

我爸生得聪明伶俐，他看典当行的老板躺在摇椅上翻一本古书，心生羡慕，萌生出要读书的念头，长大了也要当典当行的老板。他怀抱着这个梦想，奔向我爷爷去，我爷爷却对他的梦想无甚兴趣，对他的读书，也无甚兴趣。因拖欠学费，我爸不得不离开上海，我爷爷也是一点愧疚也没有的。台上的红粉水绿，咿咿呀呀，那才是他全部的喜乐。

隔两年，我爷爷也回到苏北乡下来。是因为上海发生动乱，还是因为他又混不下去了，不知。上海的那个小阁楼他不要了，他身无分文地回到我奶奶身边。家里的穷困，似乎落不到他眼里一点点，他一天三顿喝着野菜稀饭，也还有闲心扎风筝，还在门口种花，种牡丹和芍药，开出一大片碗口大的红艳艳的花。

我爸十六七岁时，吾乡学校招人，我爸又去读书，是半工半读。多是二十岁上下的青年人，他们学写小楷，学珠算，学诗词音律。

我爸写得一手好小楷，中楷、大楷也都来得。从我有记忆起，腊月脚下，我家就天天人爆满，热闹得像赶集的，人人腋下夹一张红纸，来托我爸写对联。我们兄妹帮着裁纸，忙得不亦乐乎，家里成了红海洋。

我爸打起算盘来，也是双手飞快，噼里啪啦。队里年终分粮，都是我爸拿了算盘，在一旁帮着算账，分毫不差。

我爸还会很多乐器，笛子，手风琴，口琴，二胡。吾村好多年里，都有新年文艺会演，有挑花担的，二十出头的姑娘，化着浓妆，胭脂口红，都是艳到极点的，看着美。她在二胡的伴奏下，唱着杨柳叶子青啊啦，扭着小蛮腰，一步三晃，从这个生产队，晃到那个生产队，如仙女衣袂飘飘。一群人也就跟着，从这个生产队，跟到那个生产队，追在后面看。我那时也追着，除了喜欢看挑花担的姑娘，也喜欢花担上的绢花，红红黄黄紫紫，艳得不行。我趁人不备，偷偷扯下一枝来，回家插酒瓶子里。过年的快乐里，这是独占一份的。

新年文艺演出，我爸是总策划、总导演，兼总乐师、总指挥。从节目的编排，到曲子的成谱，到歌词的敲定，到演奏，都是我爸一手包办。我爸人又生得像《望春风》里唱的，果然标致面肉白。放到今天，那是很文艺范儿的，很得一些女人赏识。有女人织了毛衣送我爸，我妈傻乎乎的，感激得不得了。我姐那时初谙人事，跟我妈说："我爸一定是跟这个女人好。"我妈也还不信，毛衣却再不曾见我爸穿过，下落不明了。

我爸在半工半读时，成绩优异，又吹拉弹唱，无所不能，一时成了风云人物，还当上学生会主席。

这样的风光，却不敌现实的残酷。我爷爷我奶奶无钱再供我爸上学，我爸勉强念完小学，本想去学医的，我爷爷我奶奶却不同意，迫切要他回家，扛上家庭的重担。我爸妥协了，这一妥协，他的人生路，从此彻底改变。

我爸后来的发展路径，印证了这样一个简单道理：有什么样的选择，就有什么样的人生。和我爸同学的那一帮青年，都成了各界精英，最差的也混了个小学教师，只我爸一辈子困于乡野。一个人再要强，有时，也犟不过命。所谓时运不济，生不逢时，我爸算一个。

和我爸探讨过这样一个问题，假如，我这么假如了一下，假如他当年真的学了医，进了某家大医院，"文革"时，像他这破落地主家庭出生的人，能侥幸逃脱么？命能不能保下，都有另一说了。淹没于荒野，到底受冲击小了许多，扎根的土壤也要牢固许多。

我爸思索良久，点头称是。

冲着这一点，我爸倒应该感谢我爷爷的糊涂。祸兮福之所倚，福兮祸之所伏，老子他老人家真是伟大。

我姐十九岁那年，因小时的烫伤，脚要做植皮手术，是我陪我姐去的医院。

是南京的一家医院。医院里的外科主任，是我爸的小学同学。我爸写了一张纸条，让我们带去，很自信地说："他见了纸条，会接待你们的。"

我们没费什么劲，就打听到那个外科主任。他本来架子端端的，可一见到纸条，立即对我们热情得不得了，安排我姐住院，且由他亲自开刀。他询问了我爸许多近况，盯着我们看了又看，说我和我姐的眼睛跟我爸长得一模一样。"他那双眼睛很有特色。"外科主任说，又道："你爸绝对是个很有才华的人。"

我爸还有同学在做校长。我上小学时，小学里的校长是。我上中学时，中学里的校长也是。我爸去我学校，平日里严肃端正的校长，竟满面春风迎我爸到办公室坐，他们面前搁一杯茶，聊到高兴处，都发出爽朗的笑声。我得意，装作不经意地从校长室门口走过，却还是忍不住告诉同学："看，那是我爸。"

我爷爷的糊涂愚昧，耽搁了我爸一生，我爸立志等他做了父亲，要做出一个崭新的来。有了我们兄妹四个，我爸倾尽全力培养。他把读书当做我家头等大事，一遇读书，诸般事情都要让步，即便砸锅卖铁，也在所不惜。一字不识的我妈，对我们的读书，也持相当宽容的态度，地里活儿再忙，只要我们假模假样捧一本书在读，她是决计不会叫上我们的。

我们兄妹四个，都是书读到吃不进去了，我爸才认输。我姐初中没毕业，就回了家，是她自己不想念了的，相比较读书，她更喜欢田野的自由。我大弟是聪明的，只是太贪玩，他初中考高中，复读两年才考上。高中毕业，又复读两年。可惜他的心思只花在恋爱上，没用在读书上，他自觉无趣，不再读了，去学了电工。我小弟初中复读两年，是想考小中专的，后来还是念了高中。高中毕业，复读一年，小弟灰了心，不准备再读书了。村里人家请了和尚来做道场，我小弟去看热闹，瞧见那些小和尚，敲敲木鱼念念经的，活得蛮轻松，就想跟在后面做和尚去。我爸把他的书本及被褥捆扎好，驮到车架上，让我小弟坐上面，把我小弟直接给押送到学校去了。我小弟后来考上警官学校，成了吃公家饭的人。我爸是这么来形容他的高兴心情的，他说，虽是广种薄收，也总有收成的。

我的读书，算是兄妹四个中最好的，但我爸也没少操心过。小学时，为我转学的事，我爸跟小学校长差点打起来。初中时，因某地教学质量好，我爸想尽办法，把我塞进去。高中时，因与老师起了冲突，我闹着要转校。我爸听信了我的话，骑上他那辆破自行车，四处奔走，托人找关系，天黑了，他还在外头奔波。

我因严重偏科，英语成绩羞涩得可怜，一百分的总分，我考了三十多分。高考之后，也复读一年，这才考上一所大专院校。拿到录取通知书，我是失望的，我是想读新闻专业的，最后却不得不读了师范。在我爸，已是满足得不能再满足了，他广为传播，在家大摆宴席，亲朋好友，一一被请了来，甚至平时走动极少的远房本家，也一一被请来席上坐。

彼时，方圆几个村，我是唯一的女大学生。

有几个温馨的小记忆，我想记下来，关于我和我爸的。

我四岁，或是五岁。月亮的天，我爸，我妈，和我，一起走在月亮下面。我妈那么温柔，我爸那么温柔，他骑着一辆借来的自行车，车后驮着我妈，车前杠上坐着我。我们沿着月光的小路，一路向前。田野里的麦香，和蚕豆花香，浮游在夜风中。他们喁喁说着什么，笑声也轻。那时那刻，世上所有的好，仿佛都聚集到一辆自行车上了。我不知道怎么表达我的快乐才好，我就啦啦啦，啦啦啦地唱。我爸低头，用胡茬扎我的脸，说："我家小丫头还喜欢唱歌的。"

也是这个年纪，我躺在队里晒场牛屋的床上。半夜里，发现身边睡的不是我爷爷，而是我爸。我爸什么时候来的，我一点不知。我爸见我醒了，笑了，捉住我的小胳膊，轻咬一口，说："你怎么这么瘦啊小丫头。"

上小学，我从学校捡回红的白的粉笔头，伏在小凳子上，照着墙上相框里的照片画人像。那相框里有我大弟的照片，有我爸的照片，那是我爸带我大弟去上海看病，在城隍庙照的。照片带回来，好多人挤在我家里传看，那会儿，乡下人能见着照片的，极少。大家都说拍得好，跟真人一模一样。戴木匠的女人，还特意要走一张我大弟的照片。

我正专注地画着，耳朵画成红的，都画到脖子上去了。我爸不知什么时候，弯腰在我身后，他握住我的手，教我："耳朵应该这样画，衣裳应该这样画，衣裳上还有扣子的对不对？对了，这么画。"小矮凳上，一个笑微微的"爸爸"，出现在我跟前。后来好长一段日子，我迷上了画画。

是这年夏天吧，我爸去老街上有事，给我买了一双塑料凉鞋带回来，白色的。那天，刚好隔壁村放电影，我穿着这双凉鞋，牵着我爸的手，去看电影。我每走一步，都把脚抬得高高的，我是恨不得全世界的人都知道，我穿了一双新凉鞋。黑天里什么也看不见，那双凉鞋的白，却极其耀眼。

我八九岁时，出水痘，我爸在他处带民工挖河。那时，吾乡一到冬天农闲，就要组织民工四处去疏浚河流。这里的民工去往那里，那里的民工调到这里来。我家里曾住过他村的民工，他们在我家堂屋里打地铺，我奶奶捧了厚厚的稻草给铺了，那样的“床”散发出极浓郁的稻草香。晚上，民工们凑在一起打牌，我们兄妹几个在旁边观看，看到夜深还意犹未尽。家里住着这么多的人，真让我们兴奋，我妈得一个一个把我们捉上床才行。灯熄，堂屋里的鼾声此起彼伏，我们的房门没关，听得清清楚楚，一个夜，竟安静幸福得不得了。

那时候，谁会防着谁呢？谁也不用防着谁的。所有的微笑，都是发自内心。所有的相待，都是拿出本心。也还跟洪荒年代似的，在自然界最初的法则里，人与人只有拧成一股绳，才能更好地生存。

我爸负责一支工程队，带了上百个民工，吃住都在工地，十天半月都难得回一趟家。我出水痘的消息让我爸听到，他连夜赶回，顶着一头的霜雪。我看到我爸，高兴得病也似乎好了，我对他说："爸爸不要走。"我爸弯腰在我床头，很温柔地答应："好的，爸爸不走。"

十几岁时，我爸陪我去商店扯布，做过年的衣裳。商店里也有来挑布的，是几个女人，她们看着我，说："这孩子长得多好看啊，像昨天晚上电视上看到的。"

我爸本来已挑好一块布，却突然改变主意，重新挑了一块较贵的料子，淡蓝的底子，碎粉的花。他跟我提到两个在我那时听来很新颖的词，一个是素淡，一个是优雅。他说："女孩子要穿得素淡一点，才显得优雅。"

这两个词，从此被我收藏。

我爸一直试图改变命运。

吾乡招考农技员，我爸报名了，是年，他五十岁。

一同报名的，还有我小娘娘——我爸最小的妹妹，我爸是把她当孩子来养的。

他们躲进村里一户人家的小阁楼上复习，如同过去小姐坐闺房，足不出户了，饭都是我妈送了去。一个月后，我爸考上了，我小娘娘却落了榜。我爸做了村里的农技员，有正式任命的证书。

我爸跨入到村干部的行列，这让他扬眉吐气。他走起官步来，双手背在身后，腰杆儿笔直，走在田埂上，视察农田，像古代帝王视察他的疆土。他还不时地在广播里讲讲话，对着全村的村民，什么时候棉花该播种了，什么时候水稻该泼浇了。他指挥着村民种庄稼，像指挥着千军万马上战场。我笑他虚荣，我爸很正式地说道，他的证书，是千真万确的，是有技术含量的。

我爸做到六十五岁上，才从这个岗位上退下来。家里还不时有村民上门来找，他们只认他这个老农技员的。

我爸奋发图强的时候，我爷爷通常已骑上他那辆二八自行车，去了老街。他一大早出门，到晚上才回来，什么也没买，他只是看街景去了。

郑板桥写：难得糊涂。郑先生写这四个大字时，是很纠结的吧，他一辈子也没真正糊涂过，仕途不顺，穷困潦倒，卖画为生，世态炎凉皆落他眼底。他向往糊涂，做人若做到糊涂的份上，是境界，是福分。我爷爷比郑先生幸运，他根本无须修炼，自然天成。他诸事不问，怎么着都是好的，倒保留了内心最初的澄明清静，又省了麻烦，别人是懒得跟一个糊涂人计较的。我妈那么火爆的脾气，与我爷爷却连口角也不曾有过一回。

我考上大学，在外地。我爷爷去看我，我把他安排进男生宿生，跟一个男生睡在一起，他居然能一待就是半个月。我上课，没空陪他，他就自己去街上转，回来告诉我，那么多的车啊，那么多的人啊，那么多的高楼啊。

我结婚成家，最初是在一个小镇，离老家也就三四十里地。我爷爷三天两头骑了车去我那里，有时在我家住上一宿，有时不。四处转转看看，他就很高兴了。只有一回，他拉着我的手说：“伢儿，我是走一回少一回啊。”那是他说的唯一的伤感的话。那会儿，他七十好几了。

十年后，我搬离那个小镇，一去上百里，我爷爷再没到过我家。每次我回老家，我都说要接他来城里玩，我爷爷很高兴地等着，然因这样那样的原因，最后都没能成行。

我爷爷到八十六岁了，也还能骑着自行车，去老街上看街景。后来骑不动了，他就拄着拐，挪去村部小商店那里。那里人多，他撑在那儿听人闲聊，一撑就是大半天。

我爷爷活到九十二岁，寿终正寝。面容如活着时一样，笑眯眯的，像个老顽童。

我爸总结："你爷爷玩乐了一世。"

一屋的亲朋都笑了，人声喧喧。活到我爷爷这般年纪老去，丧事是当作喜事来做的。

我很想在我爷爷的墓碑上刻上这样一行字：

这里躺着一个可爱的好玩的老头

但按吾乡风俗，刻碑这件事，怎么着也轮不上我这个小孙女的。我咽了咽唾液，终没把这个想法提出来。

我姐告诉我一件事，说我考大学那两年，爷爷天天早起焚香，祈祷我能高中。

这件事，爷爷一直没对我说过。

春日暖阳，老家屋后，红旗河边的柳，已堆积成烟，我爷爷下了葬，埋在老家的桑树地里。那些桑树，曾养过许多蚕。

我去送葬。看着那方装了他骨灰的小盒子，慢慢地，一点一点，被土掩了。

起风了。亲人们站着望一回，也都散了。

唐代李咸用的《早秋游山寺》中，有这么几句："至理无言了，浮生一梦劳。清风朝复暮，四海自波涛。"人生有时真的不过浮梦一场，终归于寂寂与寥寥。

年糕

每年一到腊月，母亲都会为我特地蒸年糕。

说来有点奇怪，我姐姐不喜欢吃糯的东西，我弟弟也不喜，独独我喜，且忠贞不渝地喜欢着，尤其偏爱吃年糕。放在粥锅里，或直接丢在清水里面煮，都是我爱的吃法。

我喜欢“糕”这个字，这是个让人充满温暖怀想的字。你看呀，一个“米”字，再加上个“羔”字，是米做的小羊呢。它有着洁白柔软的身子，有着纯净若水的眼睛。

街上卖年糕的，一入秋就有了。是个中年汉子，他用改制的自行车推着，车前，焊得平平实实一个铁皮箱，箱子上，放一个匾子，里面很有次序地排列着一排一排的年糕。他从大街上走过，车前的电喇叭里在叫：年糕，年糕，年糕。这样的叫卖，有喜庆在里头，让人提早想到过年的好光景。

乡下人家过年，最隆重的，莫过于蒸馒头和蒸年糕了。那可算得上是巨大工程，全家总出动，淘米，磨粉，烧水，上笼，出笼……一年忙到头，那些披星戴月，那些跌打滚爬，那些汗水、泪水和坚守，那些梦想和期盼，彼时，一一落到实处，变成白的馒头和年糕，可触可摸，往日再多的辛苦，也都是甜的了。

蒸年糕有专门的模具，称作糕箱。糕箱的底板上，都雕刻着精致的花纹，线条优美流畅。考究一些的，还雕刻出一些花朵来，看上去像牡丹，又像芍药。这样蒸出的每块年糕上，便都印着漂亮的花纹了。我曾很迷恋于那些花纹，盯着能看大半天，觉得无限神秘和美好。

年糕出笼了，我们小孩子有桩很重要很庄严的事要做，那就是给每块年糕“点红”。事先泡好的红粉（可食用）装在小碗里，我们一人一只小碗端着，用筷头蘸一点红，往糕上点，点在糕的正中央。很快，一块块年糕上面，就缀着一个一个的红朵朵了。如同美人眉心的一颗痣，有了千娇百媚的风情。

我一直闹不懂为什么要在年糕上点红朵朵。问过母亲。母亲说，以前的人家就是这样做的啊。想，它应该是一种流传的风俗了。真感谢有这样的老风俗在，它让我们贫穷的日子，开出千朵万朵的花来。

现在人们的日子好过了，年糕不再只过年时才有，平常的日子里，商场里也有卖。我见过不少地方的年糕，譬如北京的年糕，品种繁多，有枣年糕、豆年糕、年糕坨等等，花样百出，如浓墨重彩的女子，艳是艳了，却让人难窥其真貌，味道过甜过腻。

而我家乡的年糕，就是单纯的糯米粉做的，不掺杂任何辅料。它们从糕箱里倒出来，一小块一小块的，模样周正得很。是乡下常见的那种女孩子，质朴、纯粹，反倒叫人回味无穷。

第四辑　最美的时光

喧嚣的尘世，纷扰的人事物事，那都是前世的事了。你只觉得你的洁净，洁净得就像草原上的一棵草，一朵小野花，还有那屹立不语的雪山。

半日春光

跑去宜兴看溶洞。结果发现，溶洞自然是好看的，更好看的，却是那里的春光。

从张公洞出来，已是午后。我和那人本来是要去陶祖圣境的，那是在网上购得的联票。景区一小服务员，大概没去过那里，见我们发问，随口对我们说，不远的呀，走上十五分钟就到了。

信了她的话，我们兴冲冲奔着陶祖圣境而去，路却越走越远。路上少有行人，偶有路过的车辆，呼啸着驶过去，留下一片静。好不容易逮住一骑车人，问，陶祖圣境还有多远？那人小愣了半天，有些惭愧地说，不知道呢。

我们猜测着种种可能性，或许我们方向搞错了，又或许这个景点，很小，很不出色，连当地的百姓都不知道。心里却不急，走走停停，停停走走，满眼都是春天的好景色，足够我们赏玩的了。能开花的树，都撑着满满当当的一树花，云蒸霞蔚着。桃红柳绿间，不时还会跳出一撮或几撮的金黄来，冒冒失失的，如同率性的孩子，满地撒着欢打着滚，把金黄的颜色染得满头满脸。那是油菜花。静的世界，被它搅动得喧闹欢腾。不远处，青山如淡墨轻染。如果看到水，则更动人了，水边红花朵黄花朵，朵朵生动。多好，多好啊。我们走着看着，看着走着，竟忘了此行的目的，眼睛被染得五颜六色，心被染得五颜六色。

竹多。人家的家前屋后，都是。山上山下，都是。不由得想起《诗经》中的“瞻彼淇奥，绿竹猗猗”之句。用“猗猗”来形容这宜兴春天的竹子，真是再贴切不过了，又茂盛又美好。

遇见卖竹笋的，是两个当地农妇。她们的脚跟边守着一堆新鲜的竹笋，一只只都胖乎乎的，饱满欢实得很。问问价钱，实在不贵，两块钱一斤。农妇黑红的脸上，满是笑意，说，买点儿？烧肉吃好吃呢。我们犹豫着，真想啊，但是走远路带不动哪。

她们便有些好奇，问，你们这是要去哪儿？

去陶祖圣境，我们答。

陶祖圣境？她们一时愣住，互相打听，有这个地方吗？后来一人终于悟道，怕是有西施洞的那个地方吧？还有好远的路呢，在山上呢，你们这么走着，是要走到天黑的。

你们就这么走着来的？她们不相信地问。

我们笑答，是啊，走着呢。

她们立即肃然起敬，哎呀，真不简单。一边为我们可惜着，你们怎么不在张公洞乘旅游 1 号的车呀，怎么就走这么远了？

心里面窃笑，且得意着，我们把你们的春天偷看了呢。

告别她们，我们继续前行。人家的房，都一副福气满满的样子，被花儿们左抱右拥着。或菜花，或桃花，或紫荆，或海棠。哪一种，都是全心全意一丝不苟地盛开着。柳枝飞扬。翠竹滴翠。远远近近的颜色们，个个占据一方，又相互交融。像绣娘摊开绣布，用滴着颜色的丝线，一针一针给绣出来的。无论黄，无论红，无论绿，无论紫，都鲜亮得叫人惊诧和惊叹。鸟儿的鸣叫，格外动听，含了香带了翠的，宛转在密密的竹林中，山坡上，花树间。

最终我们没去成陶祖圣境。太阳快落山的时候，我们搭上了从竹海开往宜兴的最后一班车。内心却无遗憾，因为我们相逢到这半日春光，偷得了浮生半日闲。人生的得与失，总是相对应而存在，焉知有时不会逢着意外的欢喜呢？我只从容地走着，等着。

婺源的水

我去婺源时，满世界的菜花都已卸了妆。曾簪着一头黄花的油菜们，那会儿，像极怀孕的妇，笨笨的，相互挤挨着，搀扶着——菜籽快熟了。当地朋友惋惜地说，你应该在菜花开时来呀。

我当然知道，婺源的菜花是出了名的。但我却很高兴，没有选择菜花黄时去，因为，我撞见了婺源最为本色的样子。

不说江湾，不说晓起，单单看看李坑吧。千年的古村落，周围群山环绕。那些山，手挽手，肩并肩，站成一道青绿的屏风，把李坑宠溺地抱在怀中。一条小溪，候在村口，像守望的明眸，里面蓄着一往情深。有竹筏停在溪边，撑竹筏的男人，遥遥递过话来，坐竹筏不？我毫不犹豫地摇头回，不。那边不在意，笑笑，又招呼下一个游人。

脚步轻些，再轻些，别惊了那些水啊，别惊了水里的鱼啊，别惊了溪边的野花啊，它们在这里，已安好千百年了。一路的溪水，潺潺，湲湲，把人迎进村子里。

村子不大，微仰了头看过去，一溜的建筑，沿坡而上，黛瓦粉墙，木门木窗，错落有致——典型的徽式建筑。这算不得奇特。奇特的是，穿村而过的小溪，九曲十弯。看过去，也是沿坡而上的。像游蛇，清清亮亮地，一径向上爬去。

来婺源前，我曾向一个多次带团过来的导游打听，婺源除了菜花，还有什么好看的？她回答得简洁，水。我追问，水是怎样的好看？她答，你就没见过那么清的水。

现在，我就站在这么清的水跟前。我弯腰溪边，掬起一捧，水清冽冽地从我指缝间跌落。每一滴，仿佛都带着清甜。这世上，大凡相遇，都是因缘而生，我与婺源的水相遇，也是缘吧。这样想着，心里充满莫名的感动。

这岸与那岸，最狭窄处，不过隔了一胳膊的距离。有当地女子，在我对面汏洗衣裳。红塑料桶里，家常的衣裳，被她一件一件掏出来，放到溪里，不紧不慢地汏洗。我看看她，她看看我，微笑，不说话。

抬头，可望到溪上搁的木桥。之所以用“搁”这个字，是因为，那木桥实在过于简陋，像孩子搭的积木，随便搭上去似的，连扶栏也没有。却有种朴素的好。有狗跟游人抢道，站在木桥上凝望。不知道它的眼里，望见的是什么样的风景。

不去听导游讲解这个村子多么文风鼎盛、人才辈出，我只沿着溪水走。满村飘着木头香，是樟木。当地多樟树，随便就能相遇到一棵千年的樟树。他们用它制成樟木扇子、樟木梳子，还有，雕刻成各种各样的工艺品。甚至，连加工也不要有的，取木，锯成一块一块的小圆片，就那样出售。一元钱可以买三块。问，有什么用啊？那边奇怪地看过来一眼，说，防虫啊，买回去放衣柜里。我没买那小圆片，我买一把樟木梳子，以溪水作润发油，梳理我的长发。我的发上，很快沾上樟木的香，溪水的甜。

不知不觉，我跟着溪水转到后村，游人渐少，村庄安静。几个农人闲坐在一座石桥上说笑打趣，说着我听不懂的当地话，他们干活用的农具，搁在一边。村庄再热闹，他们还是过着他们的烟火人生。

几个当地小孩，穿着红红白白的衫，拿着水瓢，蹲在家门口的小溪边，逗水玩。他们叽叽喳喳，不时惊叫，捉到了！捉到了！

捉到什么呢？我凑过去看，原来，是小蝌蚪。只见溪水里，无数的小蝌蚪，摆动着豆芽似的小尾巴，欢欢的。

我为那几个孩子感到高兴，他们还有蝌蚪可捉。一泓的清水，倒映着他们的身影，红红白白，像游弋的鱼。我以为，那是婺源最美的景致。

相遇冰峪沟

冰峪沟位于大连庄河北部山区，内有众多沟谷，群山一蓬一蓬，散落其间，玲珑秀美。英纳河、小峡河两条河流，穿梭其中，如玉带飘拂。山枕着水，水绕着山，形影相随，不离不弃，勾画出一幅幅妙不可言的天然画卷。人称“辽南小桂林”。

我去时不是节假日，游人不多，山谷，静。水流声，风吹声，鸟鸣声，游人的轻语声，便格外分明。谷里树木繁茂，多古树，树们沿谷底一路攀升。野花遍地。开得最为热烈的，当数小野菊了。星星点点，红红白白，有趴在裸露的岩石上的，有夹杂在荒芜的草丛里的。石因它们变得秀美，草因它们变得多情。同行中有女子，忍不住俯身去采那些花，很快手里便有了一捧。花开在她胸前，她的人，明媚得沾了仙气。男同胞们见状，纷纷加入进去，在草丛里摘花。“这朵好！”“那朵也好！”——他们开心地叫。

不时有小松鼠从林子里跑出来，小尾巴翘得高高的。看见游人，不惧怕，而是好奇地张望一通，复又遁入林子里。

我看天。天在山峰上，与山峰嬉戏。不遥远，仿佛只要我登上山顶，便可以抚摸到。我看山，山把眼睛塞得满满的，色彩斑驳。

湖水汤汤，倒映着两岸山峦，山在水里走，水在山中行。人是最有福的了，既在水里走，又在山中行。左岸的山，笔直向上，裸露的岩石，有着赭红或赭黄的皮肤，斑斓如油画。右岸的山，披了一身红叶做的衣裳，活泼俏丽，华美风情。往后看，是山。往前看，还是山。峭壁秀绝，鬼斧神工。时有一抹艳红跳入眼睛，是野杜鹃吧？是波斯菊吧？山峰无一例外的，都是青得泛黛的。彼时，只觉得身体轻盈，风一样的，飘上去，飘上去。好，且化作那湖中一滴水，且化作那山上一抹红，且化作那山峰上的一朵云……怎样，都是好的。只求与这大自然，融为一体。

著名的仙人洞，位于龙华山天台峰的悬崖下。通往仙人洞的路叫“梯子岭”。从远处看，“梯子岭”曲曲弯弯，游蛇一般蜿蜒而上。到底有多少级呢？有说八百的，有说六百的。当地人的歌谣唱得极有意思：“上山八百八，进庙就能发。下山六百六，进庙就长寿。”

有洞必有传说。传说曾有一位叫宏真的高僧，在这里修炼成仙。洞府很大，洞中有洞，里面建有庙宇，始建于明朝。庙中供奉的分别是释迦牟尼佛、宝幢王佛、弥勒尊佛，两侧为十八罗汉。右侧，是一幢木结构的二层楼，为“玉皇阁”和“三官殿”，供的是道家尊奉的神仙。在这里，道僧合一，门派不同，却又是殊途同归的，那就是：积德从善。红尘万丈，人心所向，莫不如此。

一道士从庙里走出，玄衣玄鞋，长发及肩，很有点仙风道骨的味道。问他：“从这里可以攀到山顶吗？”他笑而不答，走到悬崖边，靠近栏杆向下望。我们亦跟过去，向下望。数座山峰，尽收眼底，远远近近，美不胜收。原来，我们已临近山顶而不自知。

美丽总是愁人的

几千里的路，奔去凤凰，只为拜谒沈从文。

一路之上，我一直在读沈从文的《湘行散记》。文中有："橹歌太好了，我的人，为什么你不同我在一个船上呢?""我真希望你梦里来找寻我，沿河找那黄色的小船！在一万只船中找那一只。"木筏上，火光星星点点；吊脚楼上的人声、歌声，如在耳边；还有羊的梦呓，狗的叫声……这是沈从文的当年。当年他别了张兆和，一个人舟行水上，远回凤凰看病危的母亲，一路之上，写下了对张兆和数不尽的思念。这样的思念，让人的心，变得软塌塌的，像蒸熟的年糕。这样一个慈悲的男人呵！

我到达凤凰时，天已近黄昏。心急的人家，早早点亮了檐下的红灯笼，把一条老街，更衬得古色古香。我来不及整理一路的困顿，就去看沈从文。问当地居民："沈从文墓在哪?"路人都知道，他们热情地指点我："拐过一个弯，就到了。"

出古城南门，沿沱江走，顺着青石板上上下下。

居民的房，都是傍山而建，黛墙黛瓦。有破旧的塔楼，断壁成古老的风景。路上几无行人，一条路寂静着。满眼望去，除了青山绿水，还是青山绿水。山叫听涛山，水是沱江水，山水相依，它们做了永恒的恋人。

山脚下有人家，开一小店铺，卖些糖烟酒。屋前地面上，摆一水桶，里面插满野花，有的扎成束，有的没有。小野花们水盈盈地开着，素白，或粉紫。旁边立一木牌，上面写着这样一行字："带一枝野花去看沈先生。"心下一愣，不知不觉，我竟寻到这里！不敢确信地问小店主人："沈从文墓真的在这里？"

她奇怪看我一眼，说："是啊。"顺手往山上一指："呶，就在那儿。"

我谢过她，弯腰从水桶里拿起一束花，沿着长满绿苔的青石板，一步一步上山。水的气息和叶的气息，把这一方天空染得碧绿澄清。这好像挺矛盾，然而不。那些莹莹的绿，带了湿润的绿，让一方空气，清澈起来透明起来。静，岑静。一枕梦，从此可睡千年万年，想沈先生到底是个有福的人。

八十六级台阶，契合着沈先生八十六年的人生。不见墓冢，甚至连一个土包包也没有，只有一方五彩石，兀自立在听涛山的山坡上。他的一半骨灰归了沱江，一半骨灰埋在石下。水是他成长的摇篮，他回了他的摇篮里。

五彩石正面镌刻着沈从文的手迹："照我思索，可理解我；照我思索，可认识人。"尘世的纷繁，抵达这里，都变成一种单纯与真。做个纯粹的人，水一样的纯粹，泥一样的厚朴。这当是他最让人敬重的地方罢？

我静静站在那方石前面，默默看。山林深处，有鸟的叫声传来。空气中，有水在轻轻流动。静谧，安宁。

沈从文说："美丽总是愁人的。"

我的心上，也添了一点愁。说不清道不明的，像一朵小野花，静静地开。

枫泾虫鸣

江南的古镇，是离不开水的。枫泾古镇也不例外。周围水网密布，河道纵横。窄的地方，两岸树木能握手畅叙。宽的地方，可供十只八只小舟并驾嬉戏。水多，桥必多。说“三步两座桥，一望十条港”有点夸张了，十步一桥，那是差不离的。多，多达五十二座。或平或拱，或弯或曲，多为石头或青砖垒成，绿苔暗生，树木掩映。它们是古镇的骨架子，把一座古镇千百年的风情，给撑了起来。

市河算是古镇最主要的一条河流，贯穿南北。有人也叫它枫泾河。这个名字听起来更有意蕴，枫树成溪成泾，该多美。枫树我倒没见着几棵，或许有。一棵粗大的合欢树，撑在竹行桥的桥头，枝条俯身下来，几乎要匍匐到桥栏杆上去了。时序已近仲秋，合欢花们还如朝云般的，在枝头欢欢地开着，载歌载舞。

古镇当年的繁华，应聚集在这条河上。两岸人家的房子和风雨长廊都傍河而建。有意思的是，它们不是相向而建，而是这岸的人家面河，那岸的人家枕河。

随便挑一处长廊坐下，喝点什么，或什么也不喝，就那么闲闲地望着对岸枕河人家，那真正是铺开的水墨画卷呀，仿佛谁在宣纸上，那么漫不经心地勾勒着，淡几笔，粉墙出来了，浓几笔，黛瓦出来了，然后，骑楼、勾栏、重檐、亭阁，一一都出来了。木格窗半开着。有后门可供出入，层层石级下到河沿，散漫中，透出匠心。植物们也都秀眉秀眼着，铜钱草，或是太阳花，或是小朵的海棠，或是绿萝，搁在窗台上，或吊挂在墙上。我想起王勃在《滕王阁序》里的描述："披绣闼，俯雕甍。"觉得应用到这里来，也很贴切。眼前之景，虽没有滕王阁那样的精美华丽，却也是端丽可人的。这样的地方，适合缓缓看，缓缓归。

还是这条河。当年吴、越两国，曾在此河上立界，南归越，北归吴。我穿过界河时，想自己一只脚踩在吴国的领地上，另一只脚已跨到越国的家门口了，我如此轻松地一越，千百年前的人们，不知因此流过多少的血泪呢！人是顶顶奇怪的生物，占有欲极强，总喜欢霸占本不属于自己的东西。比如说，争江山。时间会证明给人类看的，江山最后谁也不属于，江山只属于它自己。

老百姓的日子却是家常着的，风雨不动安如山。小巷连着里弄，木门木窗青石板，抬头仰望，是一线天空。昔日的老房子里，生活还是生活，阿婆们就着一方长桶，剥着新收上来的菱角。做芡实糕的女子，裹在一团香雾中。有妇人手指飞速翻转，她的手边，已垒着一堆包好的粽子。有年轻妈妈抱着牙牙学语的小娃，坐在屋檐下，一遍遍叫小娃叫，妈，妈。奶声里，就有了一声声，妈，妈。听得人心里软，继而眼睛湿润。再难懂的方言，一声“妈”，却几无分别。裁缝铺里，忙得很，布料子红红绿绿堆着，老裁缝拿着皮尺，在给人量尺寸。有丝瓜花和扁豆花，攀爬在人家屋檐上，安安静静开着。

晚上，在河边坐定，叫上三五个家常菜，慢慢吃。两岸的红灯笼，倒映在河里，一河的水，都变得妩媚起来。风轻轻吹着，耳边有吴侬软语响着。一时间恍惚，我是来看这灯光的吗？是来看这黛瓦粉墙的吗？是来寻访古桥、寺庙和牌坊的吗？都是。然我似乎还在期待着什么。

八九点的时候，老街上的灯光，一盏一盏熄了。木板门“咔哒”、“咔哒”上了闩。我走在深巷里，只听见我的脚步声在响，星星们亮在头顶上。突然，有虫鸣的声音传了过来，从那幽暗的里弄深巷处。起初也只是一两声，瞿瞿，瞿瞿。清脆、空灵。接着声音多起来，唧唧，吱吱，蝈蝈，这里，那里，千万只虫子叫起来，共奏一段小夜曲。我循着虫声找去，它们伏在哪片黛瓦上呢，或是躲在哪块青石板下呢？或者，就在那一丛扁豆花里，在那一蓬丝瓜花中。或者，就在那石槽供养着的铜钱草和晚荷中。

一个古镇，淹没在虫鸣声中。夜，夜得相当纯粹，再无别的声响。

家常的同里

同里的河，都是顺着房子走的。或者反过来了，房子是顺着河走的。岸边人家，几乎家家都设有客栈，写着客栈大名的布幡飘在半空中，红的，黄的，蓝的，街道上空，便弥漫着千年古镇特有的气息。真的走进去了，却是一副现代市井的模样。家家都会做糕点，热腾腾的青团子、芡实糕、桂花糕、花生糕、萝卜饼，还有一团甜蜜的绕绕糖。游人少有敌得住诱惑的，停下，买上几块，边走边吃，无拘无束，像童年回归。

家家门前，都傍河摆着藤编桌椅，上有凉棚撑着，茶壶一把，茶杯几只。你若走累了，就坐下来喝口茶吧。不喝也没关系的，就坐坐吧，坐到天晚了也没人赶你走。一直急不可耐的时光，在这里，缓慢下来，像一方暖阳，泊在那里。真好，不用急着赶路，也没有未完的事在催着，这会儿，你属于你自己，一颗心完完全全放下来，像那房檐下蹲着的一只发呆的小白猫。

发呆？确是如此。河里不时有游舫摇过，那上面就坐着几个发呆的人，脸上有阳光的影子在跳跃。河不宽阔，河水也不够清澈，甚至有点混浊。岸边的倒影，在水中模糊成一团色彩，仿佛有人随意泼上了一大桶颜料。却没有人介意这样的河，没有人介意这样的水，要的，只是这样一个悠闲的日子，承载难得的清静和喜悦。

当地妇人埋首在膝上的筛子里，在剥一些小圆果子。白的肉出来了，小米粒似的。我站边上饶有兴趣地看大半天。她由着我看，至多笑笑，复低头剥。我终于忍不住相问，你剥的是什么呢？妇人笑答，芡实啊。见我发愣，她说，就是鸡头米啊，可以做糕点，也可以熬汤煮粥喝，养脾脏呢。要不要来点？她问我。我笑着摇摇头。满街的芡实糕，原来是这个做的啊。

游人们这里探头看看，那里探头看看。看什么呢？红灯笼下的人家，一律有着深深的天井。一个天井就是一个或几个故事，几世人的悲欢离合，都化作一院的香。是桂花。每家院子里，似乎都栽有一棵。十月，它的香已浓到极处，满街流淌。游人们奢侈了，踩着这样的香，去看退思园。去访崇本堂和嘉荫堂。在三桥那里等着看抬新娘子。

同里的三桥，几乎成了同里的象征。三桥分别是太平桥、吉利桥、长庆桥，呈“品”字形跨于三河交汇处。当地习俗，逢家里婚嫁喜庆，是必走三桥的。做新娘子的这个时候最神气了，被人用大红轿子抬着过三桥，边上有人口中长长念，太平吉利长庆！探问当地人，这风俗起于何年何代呢？都笑着摇头说不知。祖上就是这样的啊，他们平静地说。祖上到底有多久？随便一座桥，都沐过上千年的风雨——这一些，在一路奔来的外地人眼里，都是惊叹，同里人却早已把它化作淡然。有什么可惊可叹的呢，他们日日与之相伴，成为家常。

天光暗下来，游人渐散，同里回归宁静。我回入住的客栈，那是幢老宅院。走过一段狭窄且幽暗的通道，方可进入天井。二层小木楼，木格窗，古朴朴的，很久远的样子。我坐在天井里，我的背后，是一些肆意疯长的花花草草。一只猫蹲在一口瓮旁，静静看我一会儿，跳过窗台去。我跟主人王阿姨聊天，我说你们同里出过很多名人啊，你家祖上是做什么的？王阿姨低头笑，说，小老百姓呢。她提一壶茶，给我面前的杯子斟满，问我，明早想喝粥吗？我煮粥给你喝。

我笑了。这才是好。小老百姓的日子，本是现世的，当下那一茶一饭的温暖，才是顶重要的。

人间的羊卓

从拉萨去往日喀则，是往后藏而去，沿途的色彩，比起前藏来说，稍稍逊色了些。然处在八月好时节，也是黄是黄，绿是绿的。山大抵都是光秃秃的，寸草不生，山脚下却黄绿铺陈。绿的是青稞，刚刚抽穗。黄的是油菜花，刚刚怒放。没有整齐划一的，都是顺势而长，反倒有种自由散漫的美，看得人心猿意马。

沿途要翻越海拔 5030 米的甘巴拉山口。不知是不是心理作用，一听到高海拔，我的头就开始山呼海啸起来，得用手指头紧紧按住两边的太阳穴，眼睛却不肯闭上，窗外的景，我不想错过一点点。

山脚下走着藏家女人，牵着小孩。她走过一片菜花地，背上的背篓里，塞满青色的草，她走，草也走，一颠一颠的。她是要回家去喂养牛羊吗？我的思绪跟了她好远。哪里的俗世都是一样的，活着，烟火着。

经过无数的急转弯，我们的车，沿山梁盘旋，一路有惊无险。从甘巴拉山口下来，远远就望见了一枚蓝，像块蓝宝石似的，镶嵌在喜马拉雅群山之中。又似一根蓝色绸带，系在山腰间。小闫宣布，羊卓雍措到了。

羊卓雍措，在藏语里是“碧玉湖”、“天鹅池”的意思。它是西藏的三大圣湖之一，是喜马拉雅山北麓最大的内陆湖。因汊口较多，像珊瑚枝一样，藏人又称它为“上面的珊瑚湖”。

一车人激动起来，啊啊啊大叫，手舞足蹈，恨不得立即跳下车去。司机见多这样的场景，他笑了，慢条斯理说，别急，车可以停到湖边去的。

真的靠近了。眼睛和心，立即被蓝填满。那是怎样的一汪一汪蓝啊，比天空的蓝更深邃，比大海的蓝更醇厚，蓝得一心一意，蓝得彻彻底底。仿佛蓝缎子似的，在阳光下抖开，风华绝代。又如凝脂，蓝的凝脂，细腻圆润。我的耳边响起当地民歌：天上的仙境，人间的羊卓。天上的繁星，湖畔的牛羊。

湖这面有高高的草甸，碧绿的草，密密匝匝。湖对面有像版画似的山，山脚下绕着绿的青稞黄的菜花。天空蔚蓝，白云几朵，与蓝的湖相互辉映，摄人魂魄。我的高原反应激烈，呼吸渐感困难，但我还是坚持下了车，手脚并用爬上湖边的草甸。

草甸上，一群忘乎所以的游客，在清冷的风中载歌载舞。然歌声也只响亮了一会，便停息下来，高原氧气不足，实在不宜大声。那么，就静静的罢，我坐在草甸上，面对着温润如玉的湖，有一刻，我不能相信自己，真的就来到了这个地方。是我吗？是我吗？我这么问自己。浩渺的宇宙中，我也是一个存在，如这片海拔高 4441 米的湖。我为这个存在，感动得双眼蓄满泪。

我的身旁，出现了两个十八九岁的男孩，他们戴着头盔，腿上绑着护膝，脸庞黝黑，风尘仆仆。他们先是怔怔地望着这片湖，尔后，双膝突然跪下，对着这片湖，哭了。

我从交谈中得知，这两个孩子是武汉某大学一年级学生，对西藏一直很神往。暑假前，同宿舍五六个人一合计，决定骑车进藏。途中，有四个同学先后撤退，剩下他们两个。为了省钱，他们没住过一天旅舍，没进过一次饭店，困了，就睡在随身带的睡袋里，饿了，就吃一些饼干或是方便面。也曾想过放弃，但却心有不甘，神圣的土地就在前方，他们一定要踏上它，也算完成人生的一次挑战。最后，在历经一个月零六天之后，他们终于到达拉萨，到达这里。

我祝福了他们。我想，他们吃得了这样的苦，将来的人生，还有什么坎不能迈过去呢？

风凉，湖边不能久待，短暂的会晤后，我们不得不离开。我们各自上路，萍水相逢，却有了共同的思念，这片湖，这片蓝，将几回回梦里相见？

同行中有人叹，真想在这湖边搭一座小木屋，日日与这美丽的湖相伴。立即有人接话了，这么高的海拔，你待一会儿可以，待上十天八天的，怕是小命早没了。我在一旁听得高兴，这真是好，它美得高不可攀，这才保持了它的本真。如佛祖流下的一滴泪，永远纯洁晶莹在那里。

邂逅红叶谷

济南有条河叫锦绣川。锦绣川南部的大山里，有谷名曰：红叶谷。

我是路过。听人说，近处有个红叶谷。当下心动。寻常见着一树两树的红叶，都足够让我欣喜了，何况那满山红叶铺成的山谷！去看，当然去！

已是晚秋，秋意浓厚，叶枯草衰，少见鲜艳。山路弯弯曲曲，曲曲弯弯。车子顺着山坡忽上忽下，如坐过山车，叫人提着一颗心。偶见一户两户的山里人家，散落在山坳。青砖青瓦的小房，简朴着。我在心里犯着嘀咕，这谷外，也未免太寻常了。视线却忽然开朗，一片宽阔地带展现眼前，彩旗飘飘，车马喧腾——红叶谷到了。

登石级，入谷里，人仿佛一下子掉进了传说中的阿里巴巴的山洞，一洞全是金光闪闪的宝藏哪！眼观处，每一棵黄栌，都是披红挂金的。它们悄悄地，不胜喜悦地，商量着一件什么秘密事，满头满身，都泛着兴奋的潮红。

人顺着谷中小径走，头顶上是绚烂，身侧是绚烂，脚底下是绚烂。拐角处撞上的，还是绚烂。再普通的一个人，也变得绚烂起来。像梦，似幻，天上人间。

山坡上上下下。黄栌们跟着上上下下。红叶们，便也跟着上上下下。一簇簇盛开。一片片铺开。像红盖头——山坡就要出嫁了。场面真是浩大，“红地毯”铺着，“红被子”卷着，“红灯笼”悬着，“红烛”燃着——喜事临门，满山谷的红艳艳，红透了的红。近处，远处，都是华丽到不能再华丽，富贵到不能再富贵。你手中相机的镜头，根本无须挑角度，闭着眼睛随便拍吧，定格下来的画面，也是夺目的，独一无二的。

山泉汇聚，蓄成湖，叫绚秋湖。湖边山坡倒映。红流淌到湖里面了。金黄流淌到湖里面了。间或的，一撮两撮的松绿，或是竹绿，也流淌到湖里面了。水成彩色的水了。有白鹅凫在这样彩色的水里面发呆，秋意如此浓酽，想它们也是醉了。人站在湖边，只剩下惊叹的份了，美，真美啊！瑶池仙境，莫过如此。

雾起。山谷隐映在雾里面。那些红，便在雾中浮浮沉沉，如红色的小金鱼在游，一簇簇，一团团。又如红色的轻舟荡过。我蓦地想起白居易《长恨歌》里的诗句：“西宫南内多秋草，落叶满阶红不扫。”一场君王之爱，也敌不过生死别离，人走后，只剩凄清荒凉。可分明情未断，思未了，她还在他的眷恋里。红不扫，红不扫！他日日见着满阶红叶，哪一片不是旧日情思？上天入地，见它如见卿卿。

突然间，我读懂了那些黄栌，它们原是用红叶来寄情的啊。别离只是暂时的，活才是永恒的。所以，它们把一场生离死别，演绎得华丽出彩，叫人忘了悲伤，只有欢喜。

最美的时光

新疆归来，已有好几日了，整个人却还是迷迷糊糊的，如坠云端。耳畔回旋着的，是牛羊的叫声。人声物语，都是呢喃。

就没见过那么多的草。

从巴音布鲁克，到那拉提，到喀拉峻，到夏塔，到赛里木湖，一路走过去，全是草啊。那些青青的草，那些绿绿的草，那些头顶着黄的小花紫的小花红的小花、伸着绿胳膊招展着的草，一座座的山峦上全是，一个个的山坡上全是，山谷里也长着，平地上也长着。绿在流淌，花在流淌，绵绵无尽。

还有雪山。

就没见过那么多的雪山。

雪未曾消融，莹莹的白披着，像披着件缀满了银珠儿的银袍子。那么近的距离，它们，就立在我的跟前，我只要一伸手，就可以触摸得到。雪山之上，云朵像巨型的猛兽匍匐着，白而胖的。而这些猛兽看上去，却是温顺的，收了性子的。它们伸着懒腰，打着哈欠，目光慈善又懵懂，似乎那冰雪，是它们最温暖的眠床。而雪山之下，绿草起烟，云雾般腾起，四下里弥漫。也时见冷松和云杉，在半山坡上，在山谷里，笔直地站成一排排，披着一身青绿，护卫一般的，守护着雪山。一年里的四个季节，不可思议地在这里相聚了。有春的烂漫，有夏的青碧，有秋的斑斓，有冬的洁白。

山峦连绵起伏，线条浑圆、柔和。看着它们，我老是要想到侧卧着的女人的剪影。那些绿草缀满的山峦，真的犹如柔情似水的女人，丰满的，又是幸福安康的。

哪里需要寻找角度？哪里需要选择地形？随便一处停下来，都能惹起你的惊叫，美啊！太美了！哪一处，都堪称经典。

你的眼睛看饱了，看倦了，那就拿耳朵听吧。躺到一块草地上去，听小花们窃窃私语，听小虫子们喁喁吟唱。还有牛羊的叫声，哞哞哞，咩咩咩。一丛草，被马儿的蹄子踩弯了腰，哈萨克六七岁的小童，骑在马背上，一路呼啸而去。等马儿走远了，草们又挺直了腰。似乎是被调皮的小孩子捉弄了一下，它们有些哭笑不得地扑扑身上的泥，望着远去的马和小孩，并不恼，神情里从容得很。

如果你还走得动，建议你最好不要停下脚步。你走起来吧，一直地走。不定要上哪儿去，你就迎着雪山走吧。或者，择一处青草茂密处。就那么走向青草更深处，走向野花更深处，在海拔高达两千多米的草甸上。喧嚣的尘世，纷扰的人事物事，那都是前世的事了。你只觉得你的洁净，洁净得就像草原上的一棵草，一朵小野花，还有那屹立不语的雪山。

时而遇见放牧的牧民，赶着一大群羊。你原以为羊只有白色的，在这里，你长见识了，你见到黑色的羊，黄色的羊，还有白黄杂染的羊。它们的毛发卷卷的，大尾巴卷卷的，眼神天真，真是好看。那些牧民有哈萨克族的，有蒙古族的，他们住毡房和蒙古包。他们说着你听不懂的话。但不要紧啊，天下的笑容都是一样的，里面住着良善。你们遇见，对望着笑一笑，心底里有温暖浮起。

同行中有父女两个，女儿刚刚小学毕业，文静内向，言语不多。往常在家，父亲忙于工作，与女儿交流极少，女儿对他很生疏。这十多天里，他们形影不离地在一起，在能步行的时候，绝不去骑马或坐车，而是选择步行。他们一路走着，翻山越岭，看山，看草，看花，看牛羊，渐渐的，女儿对他，十分依恋起来，有着说不完的话。他感慨万千，他说，这次出行，真是值了。说着说着，眼中竟泛起欢喜的泪花。

我相信，这段时光，一定是他们一生中最美的时光。